刻に抗いし者《ときにあらがいしもの》 1

ADVANCE OF Z

著 神野淳一
原作 矢立 肇・富野由悠季
表紙イラスト 中島利洋
本文イラスト Koma
デザイン BEE-PEE

VAN ASILIAINO
ヴァン・アシリアイノ

地球連邦軍の士官学校に通う仕官候補生。性格は穏やかで好戦的な面はない。士官学校に入校したのは、金銭面や生活面など様々な事情による。父は戦場カメラマンだったが、デラーズ紛争時に死亡し、家族や親戚と呼べる人物はいない。隣家のアーネストとダニカとは、兄弟のような仲。30バンチ事件の映像データを入手してしまったことにより、ティターンズから追われることに。18歳(0085年時)。

ERNEST McGUIRE
アーネスト・マクガイア

ヴァンとダニカが通う士官学校で教官助手を務める。キャリフォルニアで古くから続く名門軍人家系の長男。後に自らの正義を貫くため、ティターンズへ入隊。幼少期から文武両道に長け、友人からの信頼も厚い。ヴァンを実の弟のように可愛がり、何かと面倒を見る。ヴァンとダニカの逃走については、詳細を知らされていない。なんとかして二人を連れ戻したいと考えている。23歳(0085年時)。

Design 中島利洋

DANICA McGUIRE

ダニカ・マクガイア

ヴァンと同じく、地球連邦軍の仕官学校に通う仕官候補生。同い年のヴァンには姉のような感覚で世話を焼くが、一方で実兄のアーネストとは距離を感じている。沈着冷静であまり感情を表に出さず、人から理解されづらい面がある。努力家で負けず嫌い。料理は苦手。ヴァンをティターンズから逃がすため、自身のパイロットとしての参加を条件にテロ組織へ協力を仰ぐ。18歳（0085年時）。

フォルカー・メルクス

反ティターンズ組織“ケラウノス”のリーダーで、ザンジバル級機動巡洋艦の艦長。元ジオン公国軍のMSパイロットだったが、一年戦争終結後も地球に残り、ゲリラ活動に身を投じていた。

ルシアン・ベント

“ケラウノス”のMS隊隊長。フォルカーと同じく元ジオン公国軍のMSパイロット。ジム・キャノンⅡを駆り、中距離支援から格闘戦までなんでもこなす。

ロープス・アキヤマ

“ケラウノス”の主任整備士。地球連邦軍の整備兵だったがリストラに遭い、アナハイム・エレクトロニクス社の仲介を経て“ケラウノス”に所属することに。

ヒューイット・ライネス

一年戦争時、TINコッドを駆ったエースパイロット。現在はティターンズに所属し、MS小隊の隊長を務める。実直な職業軍人。階級は大尉。

RGM-79C
GM TYPE C
[KERAUNOS SQUAD]

RGM-79C ジム改(ケラウノス所属機)

反ティターンズ組織の母艦であるザンジバル級に積載されていた予備のMS。ヴァンと整備士ロープスが、ティターンズの攻撃に備え急遽組み上げた機体。ベースはジム改だが、足りないパーツをジム・コマンドのものやジャンクパーツで代用している。

基本スペックはノーマルのジム改と大差ない。武装はジム改やジム・コマンド用など、既存のものを使用する。

Design 間垣リョウタ

GM TYPE C

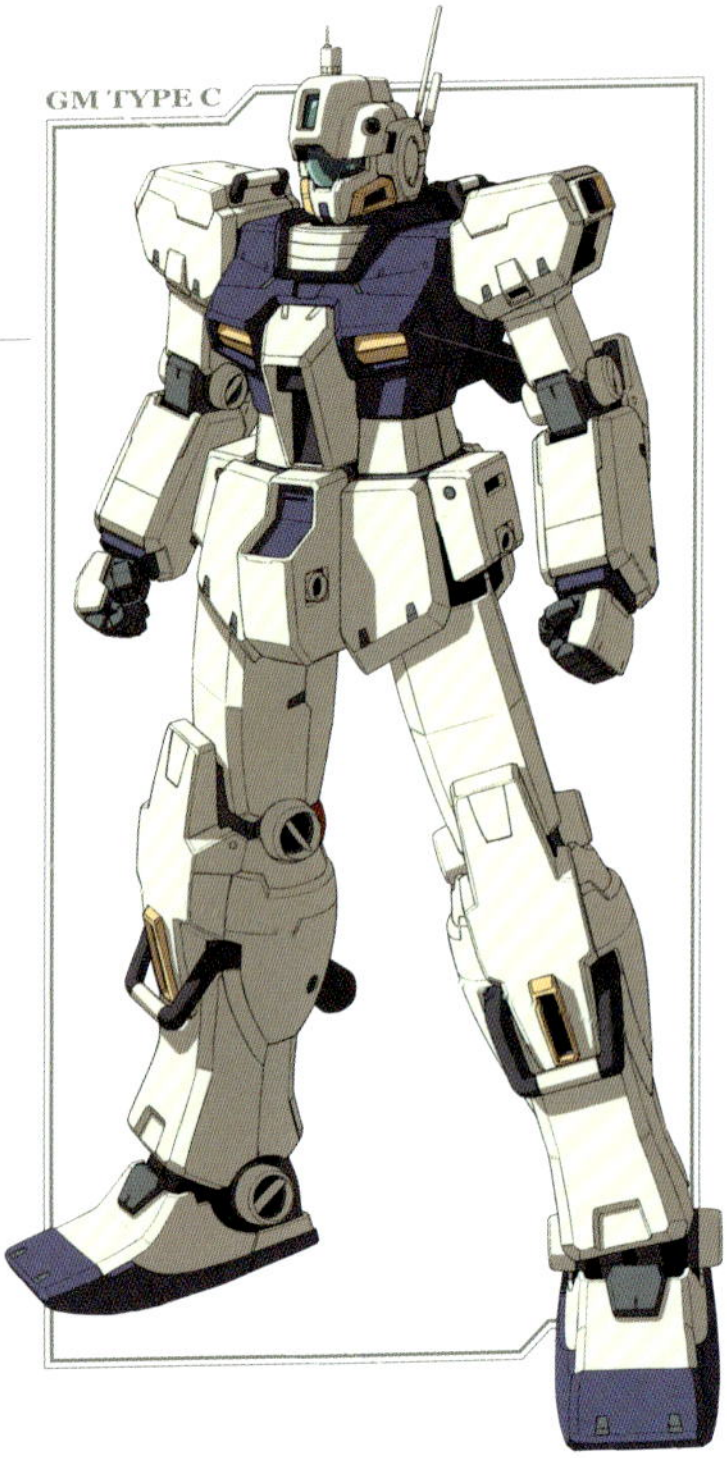

HI-ZACK[IRIS]

RMS-106

RMS-106
HI-ZACK
[IRIS]

RMS-106 ハイザック[アイリス]

反ティターンズ組織“ケラウノス”が“スポンサー”から譲り受け、運用するハイザック。ノーマルのハイザックとは右肩のスパイクやパイプの取り回し、各部の補強などさまざまな点で異なっているが、基本スペックに差異はない。

ティターンズMSとの交戦の際に頭部が破壊されたため、光学系装備を強化したタイプに変更された。

ダニカが搭乗する。

Design 片貝文洋

RGC-83 GM CANNON II [Lucien Bendt use]

RGC-83 ジム・キャノンII（ルシアン・ベント専用機）

“ケラウノス”MS隊隊長であるルシアン・ベントの乗機。物資および人員が豊かとはいえないケラウノスにあって、中距離支援のみならず近接戦闘まで単機であらゆる状況に対応する必要から、左腕には格闘専用装備が施されている。

特徴的な迷彩パターンは一見派手に見えるが、コントラストの強い縞模様により全体の形状を判別しづらくし、進行方向や移動速度を見誤らせる効果が期待される。

Design 片貝文洋

ZANZIBAR-CLASS TASK FORCE BATTLE CRUISER KERAUNOS

ザンジバル級機動巡洋艦 ケラウノス

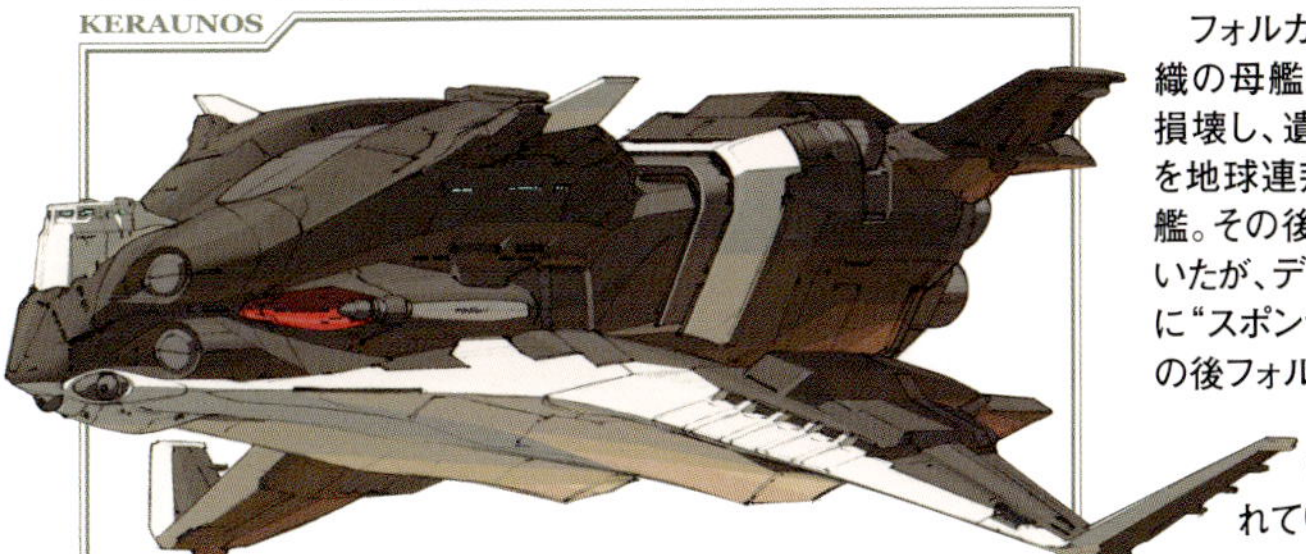

フォルカーら反ティターンズ組織の母艦。一年戦争時に被弾損壊し、遺棄されたザンジバルを地球連邦軍が回収・修理した艦。その後評価試験に回されていたが、データ収拾の終了とともに“スポンサー”に引き渡され、その後フォルカーらが受領した。

この艦名が、そのまま組織名として用いられている。

Design 藤岡建機

「遅かった」

元ジオン公国軍所属フォルカー・メルクス少佐は全天周モニターを覆い尽くす炎の中で嘆いた。

幾つの命がこの炎に飲まれただろう。十や二十では済まないはずだ。この悲劇を生んだジム・クゥエルを撃破しても村は元の姿に戻らない。彼が駆る冬期迷彩の〝ハイザック〟は炎に照らし出され、怒気を漲らせたように赤く染まった。

『ティターンズめ！』

そう言葉にすると一年戦争の時に失った右足が痛んだ。かつての自分自身をティターンズは思い出させたからだ。また、だからこそ彼はティターンズを許す訳にはいかない。

撮影：エルクラフト
CG製作：RED CRAB
模型製作：takayo4（ハイザック）

CONTENTS

刻に抗いし者《ときにあらがいしもの》 1

ADVANCE OF Z

著 神野淳一
原作 矢立 肇・富野由悠季

表紙イラスト 中島利洋
本文イラスト Koma

前日譚　第零話

〝少年達の一年戦争〟

―― 宇宙世紀〇〇七九年四月・北米・旧国境地帯 ――

鮮烈な輝きを伴い、荒野の地平線から太陽が昇ってきた。日輪は夜の闇を融かして空を霞んだ青に染め、陽光は岩山と灌木の影を作り出して目が痛くなるほどのコントラストを生み出す。朝露はすぐに蒸発し、礫《れき》混じりの赤い砂からは蜃気楼が立ち上がり始める。

かつて国境があった砂漠の大地は宇宙世紀の今も過酷な場所だ。焼き焦げた金属の塊と化した四輪軽機動車の陰に座り込み、ジオン公国軍のハウプマン中尉は天を仰いだ。ここには影がない。灼熱の太陽は彼の肌を焼き、体内の水分を絞り出すことだろう。彼は今、水筒すら持っていない。熱中症と脱水症状で倒れるのも時間の問題だ。どうにかして日影に逃れなければならないが、連邦のクソッタレがどこにいるのか分からない以上、不用意に動くことは出来ない。

その一方、明るくなれば周囲の状況が分かるようになる。ハウプマン中尉は割れたサイドミラーを手にして周囲を窺い、味方の装甲車両がないことに気づいた。どうやら交戦後すぐに撤退したらしい。突然の遭遇で混乱したとはいえひどい話だ。

（見捨てられたってことか）

中米まで撤退したはずの地球連邦軍は、砂漠の中央部に集結して反撃の準備を整えていた。彼が所属していた部隊はその集結地に不用意にも踏み込んでしまったのだ。それは勝ち戦しか経験していないジオン公国軍の油断だった。今、彼が手にしているのも普通の突撃銃だ。身体の一部だった対物狙撃銃は軽機動車と共にスクラップになってしまった。

ハウプマン中尉はポケットの中を探り、煙草の箱を取り出す。そしてしばらく思案した後、天を仰いだ。吸えば煙でこっちの場所がバレるかも知れないし、何より残りが少ない。苦笑し、本数を数えると五本あった。『まだ五本ある』か『もう五本しかない』かは、どれだけ生き延びられるか分からないだけに悩ましい問題だった。

無為に時間が過ぎ、気温の上昇が始まった。ハウプマン中尉は焼けるような砂の熱さをただ耐えるしかない。肌が露出している手首が陽光で焼け始めたのが分かる。突撃銃の銃口に帽子を載せ、スクラップの陰から突き出すと、銃声と共に帽子が吹き飛んだ。連邦のクソッタレはまだ諦めていないらしい。ハウプマン中尉は腹立たしくなり、ライターのフリントホイールをカチカチと回して貴重な煙草に火を点した。青白い煙が空に上り、大きく胸を膨らませ、ハウプマン中尉は充足感を覚える。同じような音が遠くから聞こえた気がしたが、気のせいではなかったようだ。一時方向五〇メートル、横倒しになったハーフトラックの陰から白い煙が見えた。

ハウプマン中尉は思わず声を出して笑ってしまった。

「おい！」

ハーフトラックの陰から声がした。「お前、あと何本ある？」

ハウプマン中尉は耳を疑った。だが彼は即答していた。

「四本だ」

「俺はまだ丸々一箱あるぞ」

ハウプマン中尉は心底、殺意を覚えた。

「お前をぶっ殺せば手に入るって訳か！」

「まあ待てよ。話があるんだ。どうやらお前も俺も一人らしい。どうだ？　煙草一箱で手を打たないか」

「なんの手を打つんだ？」

「ここは一つ、休戦ってことで」

生き延びるためには悪い提案ではない。この戦場を探し回れば水と食料を回収出来るだろう。車両だって修理出来るかもしれない。何よりこの暑さから逃れて影に入れるのだ。

「だがどうすればお前を信じられる？」

そう。ここは戦場だった。

だが答えはすぐに返ってきた。

「そりゃ、こうだろ」

そして両手を挙げた若い連邦兵がハーフトラックの陰から現れた。
それがハビエル伍長とハウプマン中尉の出会いだった。

◆　◆　◆

オレンジ色に鈍く光る太陽が砂漠に沈んでいく。岩山の頂から周囲を眺望しても、黄昏の他に見えるのは岩と礫と灌木だけ。ヴァンは乾いた唇を引きしめ、岩山を下り始める。急に冷め始めた砂混じりの風が額の汗を拭う。砂で手の甲がざらつき、口の中も砂が入ってきた。ヴァンの淡い期待に反して地球連邦軍の姿はなかった。しかしジオン公国軍の姿もない。状況は出発した時と同じ。自分達の力だけでこの砂漠を縦断するしかない。

ヴァンは岩山を下り、砂地から突き出した一枚岩の下に戻った。砂地に落ちた長い影の中、二人の仲間はまだ眠っていた。大きく深呼吸した後、ヴァンはその場にしゃがみ込む。このアーネストとダニカの兄妹がいなければ今も彼はジオン公国軍の占領地区にいただろう。そして収容所に入れられていたかもしれないし、殺されていたかもしれない。

二人とも毛布にくるまっているから金髪が目立つ。ヴァンは岩肌に背をもたれて空を見上げた。空は雲一つなく晴れ渡っているが、空気がきれいなはずの砂漠でも、もやがかかったままだ。おそらくそれ

は地球上どこでも同じだろう。コロニー落としの後遺症だ。

「ヴァン……少しは休めたか?」

名を呼ばれ、ヴァンはアーネストが目を覚ましたことに気づいた。彼は半身を起こし、目を細めてヴァンを見ていた。

「うん。さっき様子を見てきた。この周囲数キロにいるのは僕らだけだよ。たぶん」

アーネストはそれを聞くと安心したように頷いた。

「思った通りだ。ジオンも砂漠越えはしないようだな。俺も様子を見てくるよ」

自分の目で確かめないと心配なのだろう。アーネストは思い切りよく立ち上がり、岩山を登り始めた。

「気をつけて。アーネスト」

ヴァンは金髪の青年を見送った。さすがのアーネストも疲れているようで、目に力がなかった。心配だが、野外活動の経験豊富な彼を信じるしかない。アーネストの姿が小さくなると急に静かになった気がして、ダニカの寝息が気になった。少女の穏やかな寝顔を見つめた後、少年は少し目を閉じた。

「……ヴァン?」

小さな疑問符をつけた少女の声にヴァンは瞼を開ける。ダニカは横になったまま、新緑色の瞳で少年を見つめていた。

「ダニカ……よく眠れた?」

「身体のあちこちが痛いけれど大丈夫。早くベッドの上で寝たいよね」

ダニカはヴァンを安心させるように笑み、ヴァンもまたそれに応えて微笑んだ。そしてダニカは起きあがり、アーネストの姿が見えないことに気づいた。

「兄さんは？」

「様子を見に行っている」

「そう。じゃあ今の内に片づけようか」

ダニカは出立の準備を始め、ヴァンもそれにならった。荷物をまとめ終えた頃、アーネストが戻ってきた。人の気配はないという。砂漠は既に暗闇色に染まっている。灼熱の陽光を日陰でやり過ごす時間は終わった。手持ちの水と食料は残り少ない。過ごし易い夜の内に一キロでも先に、南へと進まなければならなかった。

まだ月は昇っていない。

三人は星明かりを頼りに出立した。


宇宙世紀〇〇七九年三月、ジオン公国軍は地球侵攻を開始した。最初は欧州。次に北米。特に北米大陸はコロニー落としで甚大な被害を受けた後であり、ジオン公国軍はその大半を容易に手に入れた。中でも地球連邦軍の一大拠点、キャリフォルニア・ベースはほぼ無傷で占領した。それでも多くの住民が戦火に巻かれて避難民と化し、北米大陸中が混乱した。

四月になって戦線が膠着すると避難民の大半はジオン公国軍の占領下に留まった。だが中にはジオン公国軍の支配が及んでいない中米を目指して南下する者も数多くいた。

ヴァン・アシリアイノ、そしてアーネストとダニカのマクガイア兄妹の三人も戦火を逃れ、キャリフォルニアから中米を目指して旅している最中であった。

ヴァン達が岩山の麓を出発してから小一時間が過ぎ、地平線から月が顔を出した。

三人は砂と礫の混じった荒野を無言で進んでいく。話す体力も惜しい。砂漠に足を踏み入れてから三日。まだ道のりの半分も来ていないが、砂漠の環境は予想以上に三人の体力を削っていた。夜間に移動すれば消耗も少ないはずと思ったのが甘かった。持ってきた水は一人当たり十リットル。充分な量を持ってきたつもりだったが、既に半分飲んでしまった。補給の宛てなどまるでない。節約しても砂漠を越える前に干からびてしまうだろう。死なないためには水を探す必要があるが、探せばそれだけ時間のロスにもなる。それでもどうにかしなければならない。

気候の穏やかな海沿いではなく、砂漠を越えるルートを選んだのはアーネストだった。彼は今、責任を痛感している。ジオン公国軍は宇宙での作戦を前提にした組織だ。しかも地上戦の経験はない。だから予期せぬトラブルが発生しそうな砂漠より、交通網が発達した海岸沿いの侵攻を選ぶだろう。そう考えた。そしてその程度の浅い考えで二人を危険に晒していることが辛かった。アーネストは来期、地球連邦軍の士官学校に入るつもりだった。名門と呼ばれる軍人一家の長男としては当然の進路だったし、その為に自分なりの勉強もしていた。砂漠越えはその勉強で得た知識を動員しての選択だったが、机上と現実は全く違った。

アーネストはダニカとヴァンを振り返る。二人とも辛そうだ。アーネストはダニカとヴァンを気遣い、歩調を合わせて歩く。彼らはまだ一二歳。体力的にも精神的にも自分に及ぶべくもない。自分の選択は正しかったのだろうか。もう引き返せない。答えも見えない。だからこそ自分がしっかりしなければならない。自分はもうすぐ一七歳……公民権を有する大人になる。大人がしっかりしなければ。そう幾度も自分に言い聞かせる。

「サボテンが見つかったら、実を探そう。美味いんだぞ」

アーネストは二人を元気づけようとして言った。サボテンの実はボーイスカウトの時に食べたことがあった。葉からでも水分を補給出来るし、実なら腹も満たせる。途中で倒れるにせよ一日でも長く、一歩でも先に進みたかった。

「そいつはいいや。食べてみたいな」

ヴァンはアーネストの言葉に笑顔を作ってみせた。一方、ダニカは表情を変えず、無言だった。実の妹ながらアーネストにはダニカがよく分からない。しかし今日はいつもと違うようだ。ダニカは微かに表情を強ばらせると足を止めた。

「どうした、ダニカ？」

アーネストが訊くとヴァンも立ち止まり、首を左右に振って周囲を窺った。そしてアーネストも異変に気づいた。足下から僅かだが震えが伝わってきている。重い木槌を振り上げて杭を打ち込むような、鈍い震動だ。ダニカが呟いた。

「何か来る」

アーネストはジオン公国軍の占領地域である北方に目を向けた。

夜の闇と星々、そして地球との境界線上に人工の輝きが見えた。それも複数だ。中でも三人の目を引いたのは地平線の少し上に灯る、明度の高い赤色だった。

「モビルスーツか！」

ジオン公国軍がキャリフォルニア・ベースに凱旋した時、初めて三人はＭＳ〝ザクⅡ〟を見た。身長一八メートルの人型機動兵器は純粋に威圧的で、原初の恐怖を抱かせる代物だった。ギリシア神話を始め、世界中に巨人の物語があるのも分かる気がした。アーネストは慌てて身を隠す場所を探し、荒れた岩場を見つけた。

「あっちだ！」

アーネストが走り出すと残る二人も必死で彼についていき、どうにか岩場に身を潜めた。

ＭＳは警戒するそぶりもなく、まっすぐ進んでいる。ＭＳの駆動音を身体全体で感じる距離になると

ＭＳの周囲にあった輝きの正体がホバーバイク〝ワッパ〟三機だと分かった。ザクⅡとワッパをもっとよく見ようとしたのかヴァンが岩の陰から身を乗り出そうとし、アーネストはヴァンの服の裾を引っ張った。

「バカ！　見つかるぞ」

「ごめんなさい」

「ジオンに遭遇したら慎重に行動しろと言っただろう？」

ヴァンはアーネストに怒られてへこんだ様子だった。

「ホバーバイクを連れているってことは偵察かな」

ダニカが呟くように言った。

「敗走した連邦軍がこの辺で戦力を立て直している可能性もある。その情報を掴んでＭＳとホバーバイクを出したんだろうな」

アーネストの言葉を裏付けるかのように今度は南の方から無限軌道の駆動音が響いてきた。それも複数だ。姿は見えないが地球連邦軍の主力戦車〝Ｍ61〟だろう。南の地平線が一瞬輝くと、夜空に幾筋もの光の線が流れた。Ｍ61の車体の低さを生かした稜線射撃だ。光の線はザクⅡを目がけ、緩いカーブを描いて落ちた。ザクⅡは右肩の盾を前面に出して戦車砲の攻撃に耐え、背部スラスターのブースト圧を上げて回避、反撃行動に移る。ザクⅡは三人が隠れている岩山を飛び越えながらマシンガンを掃射し、着地。その数秒後、地平線の上に爆炎が上がった。M61が撃破されたのだろう。次の攻撃はなかった。MSとワッパは直進を続け、闇に融けていく。しばらくすると駆動音も消え去り、砂漠に静寂が戻った。

三人は無言だった。戦場で生じる火薬の破裂音と爆発の衝撃波は平和な世界に存在しない。それを間近で受け止めたショックがすぐに収まるはずがなかった。どれほど時間が経っただろう。少なくともアーネストにはずいぶん長く感じられた。最初にショックから覚め、口火を切ったのはヴァンだった。

「……すごい。悔しいけど」

ヴァンは震えていた掌を握りしめ、拳を作っていた。

「ああ。悔しいな。だが確かにMSはすごい。ジオンは宇宙でこんな兵器を造ってたなんて」

アーネストは正直な感想を口にする。

「それって単に地球連邦が宇宙を見ていなかったってことだよね」

ダニカはため息をついた。

「これからは嫌でも見ることになるさ」

アーネストはいつの間にか高く昇っていた月に目を向けた。月は夜の砂漠の旅では心強い存在だ。だが月の裏のラグランジュ点にはジオン公国がある。

「アーネスト……戦車を見に行かない？　武器か食べ物か残っているかもしれないよ」

ヴァンがアーネストを見上げていた。

「名案ね」

ダニカも賛成した。

「それは俺も考えていた」

アーネストは少し苦笑した。実の妹なのにダニカとの会話はヴァンを間に挟むことが多かった。今もそうだ。だからちょっとだけ日常が戻ってきた気がして、苦笑した。

雲が出てきて、月が静かに隠れた。

アーネスト達は息を潜め、つい先ほどまで爆炎が上がっていた方へと向かった。


撃破されたM61まで、歩いて三〇分以上の距離があった。自分から見に行こうと言い出したヴァンだったが気は重い。十中八九、搭乗員の死体があるだろう。ダニカに死体を見せたくない。彼女は見ても平然としているかもしれないが、内心はショックを受けるだろう。少なくとも自分は受ける。でも生き延びるために耐えよう。そう思った。

M61の砲塔は車体から一〇メートル以上離れた岩場に落ちていた。変形し、二連の砲身は折れ、かつて陸の王者と謳われた面影はない。車体の上部装甲に一二〇ミリマシンガンの貫通跡があり、車内はまだくすぶっていた。後部ハッチからアーネストが様子を窺い、大丈夫そうだとヴァンを招いた。ダニカはアーネストの気遣いに気づいたのか素直に見張りについた。

　後部ハッチから中に入ると、操縦手席と車長席は跡形もなく吹き飛んでいるのが分かった。壁面のあちこちに、かつて人間であったであろう黒い物が付着している。金属とタンパク質が焼き焦げた臭いが充満し、ヴァンの鼻孔と喉を焼いた。アーネストは黒い肉片に小さく敬礼をしてから車内を漁り、ヴァンも続けて敬礼すると使えそうな物を探した。幸い兵員室の小物入れが無事で、六リットルの水と医療キット、そして拳銃が手に入った。アーネストは平静を装っていたが、喜びが隠しきれず目に力が戻っていた。二人が車外に出るとダニカも収穫物を手にしていた。砲塔後部に積載されていた軽機関銃だ。車載の軽機関銃は弾倉が大きい分、重く、ダニカはやっと持っている感じだった。

「これ、使えないかな」

　少し得意げな様子のダニカに、アーネストは少し眉をひそめた。

「重すぎる。担いで砂漠を渡れるかな」

「僕が担ぐよ」

　ヴァンはアーネストを見上げた。

「いや俺が担ぐ。お前らに無理させられるか。ダニカ、役に立つよ」

　アーネストはダニカから軽機関銃を受け取ると自分が持っていた拳銃をヴァンに渡した。手の中に拳銃が収まるとヴァンは見た目以上に重さを感じた。

「……また何か聞こえる」

ダニカが注意を促し、ヴァンも徐々に近づいてくるエレカの駆動音に気づいた。

「随伴の歩兵部隊がいたのか」

ヴァンはそう言うとアーネストに目を向けた。

「またジオンかもしれないぞ」

アーネストは厳しい表情に戻った。三人は吹き飛んだ砲塔の陰に隠れ、無灯火のエレカはM61の前で停まった。幸いエレカは地球連邦軍のハーフトラックだった。ヴァンは安堵するが、乗っていたのは連邦兵一人だけだ。随伴部隊が一人というのは考えにくい。連邦兵はハーフトラックから下りると、撃破されたM61を調べ始めた。

「どうする？　アーネスト」

「連邦軍みたいだし、ハーフトラックに乗せて貰えば距離も稼げる。声をかけてみよう」

そう言ってアーネストが軽機関銃を下ろしたその時、連邦兵が三人に気づいた。

「誰だ?」

明らかに敵意がこもった誰何だった。しかしアーネストは大きく息を吸い込むと両手を挙げて連邦兵の前に出た。

「子どもか?」

連邦兵の声のトーンが下がった。

「あと二人います。やはり子どもですが」

「ここで何をしているんだ？　まさか子どもだけで砂漠を渡ろうとしていたのか？」

「ええ。メキシコ方面はまだ連邦軍が持ちこたえていると聞いて……」

「でも子どもだけで、かよ」

連邦兵は呆れたようだった。その様子を見て安心し、ヴァンとダニカも連邦兵に姿を見せる。すると連邦兵は脱帽し、頭を掻いた。

「参った」

そのリアクションを見てヴァンは好感を覚えた。

「オレも隊とはぐれている訳さ。友軍と合流しようとこの辺をうろついてたんだ」

「迷惑ですか」

アーネストが不機嫌そうに訊くと連邦兵は一瞬表情を強ばらせたが、その後すぐに大げさにため息をついてみせた。

「子どもを放っておけるほど冷たい人間でもないんだな。オレはハビエル。階級は伍長だ。お前らは？」

アーネストの表情が緩み、ヴァンは小さく鼻から息を吐いた。

各々自己紹介を済ませると、アーネストは武器の使い方を教えて欲しいとハビエル伍長に頼んだ。伍長は快諾しただけでなく、ダニカにハーフトラックの運転を教えてくれた。ジオン公国軍と遭遇した時、車載の重機関銃を伍長自身が使えるように、代わりのドライバーが必要だったらしい。ダニカは小さい頃からレーシングカートをやっていたから運転に問題がなく、ハーフトラックの操作もすぐに覚えた。

小一時間ほどで一通りの講習を終え、ようやく出発となる。

このハーフトラックはどうやら激戦をくぐり抜けてきたらしく、あちこちに銃弾と血の跡が残っていた。負け戦を生き抜き、その上でまだ自分達に配慮出来るハビエル伍長をヴァンはすごいと思う。ヴァンは助手席に座り、アーネストとハビエル伍長が後部席に座った。座り心地は良くないが、もう歩かなくて済むならソファにも思える。ステアリングを握り、ダニカは嬉しそうにヴァンを見た。

「じゃあ行くよ」

ヴァンは久しぶりにダニカが微笑んだのを見て気恥ずかしくなり、俯いてしまった。

「変なヴァン」

ダニカは笑った。大人がいる安心感がそうさせたのだろう。ヴァンもこの先、漠然と生き残れるような気になっていた。

ハーフトラックは走り出し、夜明け近くまで無事に南下を続けた。発見されるのを怖れて無灯火だった為に速度は出せなかった。しかし徒歩よりは距離を稼げたし、何より疲れが少なかった。朝が来ると四人は岩山の麓に車両を隠し、見張りを立てて休んだ。ヴァンは少し気持ちの余裕が出てきたのか、日陰の中ですぐに眠りに落ちた。

太陽が南中した頃、ヴァンは最初に見張りについたアーネストに起こされ、双眼鏡を受け取った。次はヴァンが見張りの番だ。ダニカとハビエル伍長はよく寝ていた。アーネストが横になるとヴァンは頭からフードを被り、蜃気楼が立つ砂漠に目を向けた。季節は春でも気温はもう摂氏三五度以上になっている。日陰から出たら体力を無駄に消耗する。動く物は何もなく、単調で退屈だが気を抜く訳にはいかない。敵の発見が遅れれば生死にかかわる。

三〇分ほどは何事もなく過ぎた。

「少年。変わったことはないか」

いつの間にかハビエル伍長が起き出し、ヴァンの様子を見に来ていた。

「ええ。ハビエルさん。影一つ見えません」

彼が優しい眼差しをしていたから、ヴァンもにこやかに答えた。

「そうか。良かった」

ハビエル伍長も晴れやかにそう言うとヴァンの隣にどっかと座った。

「よく休めましたか?」

「まああだな。なあ、訊いてイイか?　お前達は親とはぐれたのか?」

ヴァンは俯いた。「いえ。僕の父は戦場カメラマンで、戦争が始まる前に宇宙に行ってそれっきりです。母は軍人で、僕が幼い時に地域紛争の監視に派遣され、殉職しました」

「そうか。悪いこと聞いたな」

「アーネストとダニカのお父さんも軍人なんです。今はどうなっているやら。お母さんは家にいませんでした。二人とも何も言わないですけど、別居してるっぽいです」

「似たもの同士ってことか」

ハビエル伍長はフウと息を吐いた。

「そういうことですかね」

「あの兄ちゃんのことは好きそうだな」

「ええ。アーネストは野球をすればキャプテンで、州大会で優勝。学校では生徒会長。成績も常にトップクラスだし、何でも出来て格好良くて。彼みたいに頼りがいのある人間になれればいいなと思うんですけど、僕なんかまだ全然……」

「だってまだガキだろ。それでいい」

「でも想像出来ないんですよ。自分がアーネストみたいに誰かを助けている姿って」

「そんなもんかね。誰だって背伸びしたり、虚勢を張ったりしながら生きてるもんだぞ」

「アーネストは違います。彼は本当に強い」

「オレから見ればあの兄ちゃんだってガキだよ。褒めているんだがな」

ヴァンには意味がよく分からなかった。

「そう言えば、あの娘は少年の彼女か？」

ハビエル伍長がからかうような目をして、ヴァンは少し狼狽した。

「違いますよ。いつも助けてくれて感謝していますけど。僕は小さい頃、コロニーからキャリフォルニアに引っ越してきたんです。すぐには地球になじめなかったし、学校の勉強とかいろいろ分からなかったし、全部、ダニカが助けてくれて……」

「そうか」

「実はダニカが何を考えているのか僕にもよく分からないんですけどね。でもダニカ以外の女の子と一緒にいる自分を想像したことないんですよ、僕」

「そうだろ？　オレにはそう見えたんだ」

ハビエル伍長は笑った。

ヴァンは素直に気持ちを言葉にしただけだ。だからそれが空虚なものにならないといいと思う。しかしこれ以上ダニカのことには触れられたくなくて話題を変えた。

「ハビエルさんはどこの生まれなんですか？　どうして軍人になったんですか？」

「生まれはプエルトリコだ。軍人になったのは食いっぱぐれがないからかな」

ハビエル伍長はまた笑った。だが今度は少し自嘲気味だった。

「本当に戦争が始まるなんて思っていなかったからな。こんなことになるなんてなあ」

伍長は過去の自分を思い返しているのだろう。暗い表情になった。

「……戦争は嫌ですよね」

「人を殺すより、人を助ける仕事がしたかった。軍人だってそれが出来ると思ってた。だが兵士一人の感傷なんざ戦争には何にも関係なかった」

伍長は煙草取り出して火を点けた。そして煙を深く吸い込むと天を仰いで吐き出した。

「少年達は中米に何か宛てがあるのか？」

伍長の問いにヴァンは首を横に振った。

「でもジオンの占領地区にいたらどうなるか分かりませんから」

「ジオンったって同じ人間だろ？　民間人にそう手荒な真似はしないさ」

「さあ……でも戦争ってそんなものじゃないですよね。あなたの方がよく知っているんじゃないですか」

「そうさなあ」

ハビエル伍長はまた煙草の煙を深く吸い込んだ。「でもまあ、お前達くらいならオレで守ってやれるかな」

そしてまた白い煙を吐き出し、満面の笑みを見せた。しかし煙の向こう側にはちょっとだけ悲しい表情が浮かんでいた。彼は戦場でどんな経験をしたのだろう。おそらく彼自身思い出したくないことなのだろう。だからヴァンはその先を考えるのを止めた。自分も悲しくなりそうだったから。

「甘えます。でも僕も頑張ります」

「素直でよろしい。是非そうしてくれ」

ハビエル伍長は立ち上がるとヴァンに背を向けた。「寝直す」

「ええ。お休みなさい」

ヴァンは穏やかな声色でそう応え、ハビエル伍長は背を向けたまま手を振った。


日が傾いて涼しくなり、ヴァン達は出発した。じき地球連邦軍の勢力圏だとハビエル伍長は硬い表情で言った。日が沈んで黄昏が砂漠を染める時間までハーフトラックは順調に進んだが、夜が更けきった頃、地図には記されていない障害が一行の行く手を阻んだ。

それは巨大な裂け谷だった。向こう側まで一〇〇メートル以上あるだろう。裂け目に沿ってしばらく走ってみても終わりが見えない。真新しく険しい断面と谷底に残る流木などの水跡から、地殻変動と未曾有の集中豪雨が作り出した物だと分かった。原因はジオンのコロニー落とし以外にない。

「MSならここを越えられるだろうけど、MSだけで戦争の勝敗が決まる訳じゃない。ジオンもこの地形に二の足踏んで侵攻していない可能性がある。もしそうなら連邦軍の部隊は近い」

アーネストは呟くように言った。

「あながち間違った見方でもないな」

ハビエル伍長は谷底を見下ろし、なにやら考え込んでいた。

「あそこが通れそうですね」

ヴァンはハビエル伍長の視線の先に車両で下れそうな緩斜面を見つけた。途中で折り返しているのは人の手で作られた証拠だ。ジオン公国軍でなければ地球連邦軍が作ったのだろう。崩落している箇所もあるようだが月明かりだけでは詳しく分からなかった。

「ああ。通れる道はジオン軍も警戒線張ってるはずだ。最終的にハーフトラックを捨てることになるかもしれないが無理をしても通りたいな」

その後、全員一致で裂け谷を下ることを決め、夜明けまで休息をとった。月明かりだけはもちろんのこと、ヘッドライトを点灯しても危険な道だったからだ。

砂の大地が微かに明るくなり始める頃、再び四人は裂け谷を見下ろした。深さは三〇メートルほどだろう。崖の縁に沿ってハーフトラックで進むと急な下り道の入り口に至った。伍長はハーフトラックを停めさせ、ヴァンに言った。

「機関銃を下ろすのを手伝ってくれ。あそこに設置する」

そして近くの小高い岩山の頂を指さした。

「一緒に来てくれないんですか?」

アーネストが声を上げた。

「オレがジオン軍だったらこの谷に沿って定期的に偵察機を飛ばしておく。あんな道じゃスピードは出せないから発見し易いだろうしな。それに下っている最中にジオン軍が来たらいい的になる。だがあそこからならジオン軍が近づいてきたら分かるし、逆に先制攻撃も出来るだろうさ」

「でもあなたはどうするの」

ダニカが心配そうに訊いた。

「無事にハーフトラックが向こう側まで渡れたら歩いていくさ」

「では俺も設置を手伝います」

アーネストは納得したようだった。

「いいや。その間ハーフトラックが無防備になるのは困る。少年と二人でやる」

「分かりました。俺達はヴァンが戻るまで待ちます」

「そうしてくれ」

ハビエル伍長は険しい眼差しをアーネストに向け、すぐに微笑んだ。

「頼んだぞ、お兄ちゃん」

そしてハビエル伍長は重機関銃の取り外し作業に取りかかった。

「は、はい。了解です」

アーネストは一端固まった後、作業を手伝うため座席から下りた。ヴァンは三脚が入った重いバッグを、伍長は重機関銃を担いだ。三〇分ほどかけて岩山の中腹まで登り、重機関銃を設置する。一連の作業を終え、ヴァンはようやく一息つく。ここからは裂け谷が一望出来るし、少し裏に回り込むだけでこれまで越えてきた砂漠も見渡せる。ハビエル伍長は重機関銃に砂漠迷彩のポンチョを被せると岩陰に腰を下ろした。

「お疲れだったな少年。もういいぜ」

ハビエル伍長は岩山の下の方にあごをしゃくったが、ヴァンは動かなかった。

「どうして一人で残るんですか」

「狙撃するのさ。こいつは弾をばらまくだけが能じゃないんだぞ。実はオレ、海兵隊員だし。狙撃の方が得意なんだよ」

「そう、なんですか」

「誰かを殺すより誰かを守る方がオレの性に合っている。そう思うのさ。分かったか。分かったなら早く行け！」

ハビエル伍長は最後に怒鳴り、ヴァンを遠ざけた。

「じゃあ、行きます」

ヴァンがようやく背を向けようとした時、伍長は何かを投げてよこした。ヴァンは光るそれを掴みとり、掌の中を見た。それは軍の認識票でハビエル伍長の名が刻まれていた。

「そいつを頼んだ。オレの友達のなんだ。生き延びたら連邦軍に渡してくれ」

伍長はどこか憂いが晴れたように笑んだ。認識票がどういう物なのかすらヴァンは知らなかったが、伍長の大切な物だということだけは理解出来た。

「了解です」

ヴァンは認識票を首にかけると、ハビエル伍長に敬礼した。そして息を切らして岩山を下っている最中、ふとおかしなことに気づいた。伍長は友達の物だと言っていた。だが、認識票には彼の名が刻まれている。疑問に思ったが今は急がなければならない。ヴァンは全速力でハーフトラックに戻ったが、待つ側のアーネストはしびれを切らしていた。

「行くぞ。少しでも早く向こう側に渡れればそれだけ伍長が助かる確率が上がる」

「う、うん」

ヴァンは助手席のシートベルトを締める。

「しっかり掴まっててね」

ダニカが意を決したように言い、ハーフトラックは急な下り坂に踏み込んだ。

アーネストはハーフトラックの後部座席で軽機関銃を強く握りしめる。再び二人の引率者となった責任感がアーネストに無駄な力を入れさせていた。

仰ぎ見れば岩山が目に入る。重機関銃はカモフラージュされているから伍長がどこにいるかは分からなかった。どうして彼が一人で残ってくれたのか、今のアーネストには痛いほど分かる。彼は一人の大人として自分達を守りたいのだ。民間人を守ることも軍人の使命だと彼は考えているのだろう。

「俺も……」

立派な軍人になる。

その言葉を今は口に出せないが、生き残れたら伍長と自分自身に言えるに違いない。

しかし彼の淡い夢をかき消すかのように、もやがかかった空に金属の輝きが現れた。特徴的な機影は見間違えようがない。ジオンの主力戦闘機〝ドップ〟だ。ドップは裂け谷の上空で翼を翻すと来た方角へ戻っていった。

「見つかった。ジオンが来るぞ」

アーネストは焦燥感を強めた。

「でもこれ以上スピード出せないよ」

ダニカは細心の注意を払ってハーフトラックを下らせているが、道幅はぎりぎりで地盤も緩い。歩く速度程度で精いっぱいだ。

「ダニカは運転に集中してくれ。ヴァン。俺達は警戒を続けよう」

ヴァンは大きく頷き、拳銃を持つ。

「ええ。精いっぱい頑張るわ」

アーネストは目を運転席の妹に向けた。妹は見つかったことへの焦りを全く見せず、前方を注視して運転に集中していた。妹がそんな強さを持っていることが心強く思う。アーネストも自分の出来ることをするだけだ。彼は空にまだ見えない敵影を探し、息を呑んだ。

ハーフトラックは三〇分以上かけて坂道を下り終え、ようやく谷底に至った。上りの道はすぐ目の前に見えていたが、谷底には濁流が運んだ岩塊や木々が山積している。ヴァンとアーネストで障害物を撤去したが貴重な時間を費やしてしまった。どうにか上り始めて、ようやく坂道の半分まで来た頃、谷間を通る風に混じって機械的な風切り音が聞こえてきた。

「ローターの音？　ホバーバイク？」

ダニカが声を上げ、アーネストは軽機関銃を構えた。地球連邦軍のエレカに乗っている以上、民間人でも攻撃される。だがエレカを捨てて砂漠を渡れる自信が今のアーネストにはない。軽機関銃を構え、ローター音の方向に銃口を向ける。谷には緩いカーブがかかっていて遠くまでは見えない。

「アーネスト」

ヴァンに不安げな声で呼ばれ、アーネストは明るい声を作った。

「大丈夫だ。こんな時のためにハビエル伍長が上で守ってくれている。俺だって頑張る。ダニカもお前も姿勢を低くしていろよ。弾に当たらないようにな」

「じゃあ、僕は？」

「拳銃なんて訓練しないと当たらない代物だ。敵が目の前に来るまでトリガーを引くな」

ヴァンは大人しく幾度も頷いた。

最悪の事態は考えるな。ハビエル伍長が助けてくれる。そう信じろ。アーネストは心の中で幾度も繰り返しながら、谷間の奥から敵機が現れるのを待つ。胸の鼓動はかつて経験したことがないほど高鳴り続ける。ローター音の反響が変わり、直接耳に飛び込んでくるとワッパが二機見えた。まだ離れているのにその内の一機が機銃を放ってきて、ハーフトラックの周りに砂の飛沫が上がった。

「ええい！」

ダニカはハーフトラックの速度を上げた。慎重に進んでいる場合ではない。アーネストは軽機関銃の照準器を覗き込んでワッパをその内に収めようとするが、目標は高速で動いている。教わったようにはいかない。一瞬だけ照準器に収まると焦りでトリガーを引いてしまった。硝煙が上がり、連射の振動が身体全体に伝わる。反動で銃口が跳ね上がって弾はあらぬ方向に飛んだ。

「当たれよぉお！」

すぐ近くにワッパが迫り、機銃が火を噴いた。銃弾がハーフトラックのボンネットに穴を空けたが、まだモーターは動いてくれている。弾の残量のことは頭から消え失せ、アーネストは空に向けてトリガーを引き、銃口をワッパに向けた。彼我の距離が近づいたからかワッパは高度を上げて回避行動に移る。

だがそれが仇になり、銃弾が命中。ワッパは前部ローターダクトから火を噴いた。ワッパはバランスを失って斜面に激突し、ジオン兵ごと谷底へ転げ落ちていった。

「やった……のか？」

手応えは感じなかった。目の前で起きた一連の流れが自身がトリガーを引いた結果だと理性で分かっても実感が伴わない。

「殺した？　向こうが、撃ってきたから」

結果が変わるはずもないのにそう呟いた。

「アーネスト！」

ヴァンの声でアーネストは我に返った。

ヴァンは拳銃を構え、震えていた。

銃口の先にはもう一機のワッパがいた。至近距離だ。機銃を手にしたジオン兵は信じられないというような目をした後、トリガーを引いた。ヴァンが拳銃を構えていたからなのだろう。だがヴァンはトリガーを引けなかった。機銃掃射がハーフトラックを襲って座席をめちゃくちゃにし、その直後ヴァンが倒れた。ダニカがハーフトラックを止め、アーネストは無我夢中で軽機関銃のトリガーを引く。弾倉はすぐに空になるがトリガーを引き続け、アーネストは言葉にならない原初の叫びを上げた。

その時、ボスっと重くて鈍い音がした。

そしてその音と共にジオン兵の身体がワッパから離れ、斜面に叩きつけられると下に落ちていった。乗り手を失ったワッパは直進を続け、岩塊に激突して炎を上げた。

「……ハビエル伍長?」

アーネストは重機関銃による狙撃だと気づき、上の岩山を見つけた。距離は五〇〇メートルくらいあるだろうか。やはりどこにいるのかは分からなかった。

「兄さん!　ヴァンが、ヴァンが!」

アーネストが振り返ると、胸を血に染めて動かなくなったヴァンをダニカが抱き上げていた。ダニカは半ばパニックになり、ヴァンを揺らしていた。

「お前は運転に戻れ。まだジオンはいるはずだ。ヴァンは俺に任せるんだ」

アーネストはダニカの肩に手を掛け、大きく頷く。ダニカは唇を真一文字にすると運転席に戻り、ハーフトラックを再始動させた。アーネストはヴァンの上着を裂いて銃創を確認する。銃弾は右肩から背中に抜けて貫通していた。命に関わる負傷ではない。

「大丈夫だ。弾は貫通している。気を失っただけだ」

それを聞いて安堵したのかダニカの表情に余裕が生まれた。ヴァンの応急処置を済ませると、アーネストに出来ることはもうない。やるだけのことはやった。後は祈ることくらいしか思いつかない。だから日曜日にミサに行ったことがないアーネストもこの時ばかりは神に祈りを捧げた。

どうかヴァンが無事でありますように。

このまま谷を渡れますように、と。

その願いが通じたのか、ハーフトラックは無事に裂け谷を通り抜け、向こう側に到達した。向こう側も同じように礫と灌木が連なる砂漠だが、裂け谷を抜けたというだけで何故か安心してしまう。アーネストはハーフトラックから下りて、ハビエル伍長が隠れている岩山に向けて大声を張り上げた。

「ハビエル伍長！　来てください！」

だが返事はなかった。岩山の上で微かに何かが動いたように見えて、アーネストは急いで双眼鏡を取り出し、覗いた。ハビエル伍長が裂け谷の先を指さしているのが見え、伍長はその後、行け、とジェスチュアした。伍長が指を指した方向に双眼鏡を向けると、現代に蘇った一つ目の巨人が地響きを立てながら接近していた。

「MSか。さすがにこいつじゃ分が悪いな」

砂漠迷彩のシートの下『ハビエル伍長』は独り呟いた。重機関銃のスコープの中には走ってくるザクⅡが収められている。たかだか五〇口径弾でMSに対抗するなど愚かの極みだと『彼』は思う。『彼』……ハウプマン中尉はMSという兵器の凄まじさを一週間戦争で、ルウム戦役で、そして北米で知っている。ジオン公国軍は海兵隊にもMSを配属してあった。切り込み部隊という性質上、歩兵はMS部隊と共同作戦を行うことが多かった。

地球連邦軍が使う従来兵器はＭＳという新兵器に容易に駆逐されたし、士気が低い連邦兵共は精鋭揃いのジオン海兵隊にとって赤子も同然だったから、ハウプマン中尉は戦争はすぐに終わると思っていた。だがそんな自分の思い込みを今の彼は恥じている。そして自分の認識票に刻まれた文字を指でなぞり、両親が付けてくれた本当の名前を口の中だけで読み上げて自嘲気味に笑った。

三日前のことだ。彼が所属していた中隊は砂漠を敗走していたはずの地球連邦軍から待ち伏せ攻撃を受けた。味方は撤退し、彼は砂漠に一人取り残された。そして〝本物の〟ハビエル伍長に出会った。彼は交戦していた敵部隊の生き残りで、車両越しに何時間も対峙した。しかし互いに一人だと分かると戦うのはバカらしいとばかりに一時休戦した。それにハビエル伍長と彼はこの砂漠から脱出するという点に於いて協力出来た。灼熱の日中を日陰でやりすごすと、ハビエル伍長は比較的損傷が軽微だったハーフトラックの修理に取りかかった。ハウプマン中尉もその手伝いをした。修理の間、彼とハビエル伍長はいろいろなことを話した。

「俺はプエルトリコの生まれでさ。低所得者ばかり集められた団地で育ったんだ」

ハビエル伍長はまず自分の生い立ちから話し始めた。両親は貧しく、宇宙にすら行けなかったこと。少年ギャングのケンカ、泣きながら自分を殴った先生。機械整備の面白さを教えてくれた熱血オヤジ。車に熱中したこと。食うためだけに軍に入ったこと。軍に入ったって戦争なんて起きやしない、ジオンなんて月の向こう側にあって、地球に来るはずがない。そう思っていた。宇宙人は電化されたいいトコロに住んで頭も良くて、資源もいっぱいあるのに、地球に不平不満を垂れている。ひどい奴らだ。だがそんなのは俺の暮らしには関係ない。俺と彼女と軍の仲間と小さなアパートメントさえあれば、それでいい。

「それにさ、軍に入ったって人を助けることは出来る、そう思っていたんだ。俺、人に助けられて生きてきたからさ。やっぱ恩返しとかしたいじゃないか」

分かるよ、とハウプマン中尉は答えた。彼の人生はハビエル伍長のそれとは異なっていた。だが人間らしいと素直に思えたからそう答えた。

彼はサイド3の中でも古いコロニーに生まれた。コロニーは空気すら買わなければ生きていけない箱庭世界だ。海はもちろん青空すらない。人類の生活に必要な自然など、無用と切り捨てていた。外壁を隔てただけで真空の宇宙という環境は人間が生きていくには過酷なものだ。それを端的に示すかのように彼の父親はスペース・デブリの除去作業中に死に、母親一人に育てられた。学校に行っても彼と同じように貧しい宇宙移民者の子ども達ばかりだった。当然のように不平不満は地球に向けられた。地球人は俺達をこんなところに押し込めて自分達はタダで空気を吸い、水を飲む。重力だって買わなくていい。地球の連中はみんな金持ちで俺達が採ってきた資源を搾取している。また、そう思うよう政治家達は仕向けもした。次第に軍国主義色は濃くなり、個人が自由に何かを考えることを社会は止めさせた。

独立戦争が始まると聞くと彼はすぐに軍に入隊した。射撃の才能があると言われ、狙撃兵となる道を選んだ。全ては地球を自分達の手に取り戻すためだった。だが〝自分達〟は自分自身ではない。あくまでも国家の都合に過ぎないことを、考えることを止めてしまった彼が気づくはずがなかった。

戦争が始まると他のサイドの攻略戦に参加し、対物狙撃兵として地球連邦軍の車両を何十両と破壊した。人命はその数倍奪っただろう。そして地球連邦の国力を削ぐためにジオン公国軍はそのコロニーの住民を皆殺しにした。

この戦争は間違っているのではないか、と微かに疑問を抱いたのはその時だった。それでもハウプマン中尉は軍の命令を守り、戦い続け、今があった。だが彼と力を合わせてハーフトラックを修理している連邦兵は普通の男だった。

「宇宙移民者ったって同じ人間なんだな」

ボンネットを覗き込みながら、ハビエル伍長は笑った。

「地球人だって普通の奴だ。羨ましいよ。オレもあんたみたいに生きられるかな」

彼も微かに笑った。

「はあ？　いい暮らししてないぞ、俺は」

「いや。あんたの方が人間らしいと思う。オレはもうジオンに戻らない。ジオンじゃ人は考えることすら許してもらえない。それは不自然だ」

「でもどうする気だ？　捕虜になったってまともに扱ってくれるか分からんぞ」

ハビエル伍長は面を上げ、大げさに眉をひそめる。ハウプマン中尉は小さく両手を挙げた。

「なんとかするさ。それよりこの砂漠を抜けられたらどうするかな」

ハビエル伍長はおどけて笑ってみせた。

「じゃあ俺ん家に来いよ。俺が後方に下がれたならだけどな。あそこならジオン兵の一人や二人いたって分かりはしない」

「そうなのか……って、いいのかよ」

「もう俺達はダチだ。そう思わないか？」

ハビエル伍長は親指を立てた。

彼は戸惑った。

モーターが無事に動き出し、ハーフトラックの修理は夜明け前に終わった。

ハビエル伍長は少し眠らせてくれと言うと、一枚岩の影で横になった。徹夜だったこともあってハウプマン中尉も横になった。

それがハビエル伍長の最期の言葉になった。

数時間後、ハウプマン中尉が目を覚ますと、ハビエル伍長の頬が土気色になっていた。すぐに死亡が確認出来た。おそらく彼は戦闘中に負傷していたのだろう。そして自ら応急手当をしただけでハーフトラックの修理に没頭したのだ。ハウプマン中尉は彼の異常に全く気づかなかった。

涙を流さず、ハウプマン中尉は慟哭した。

ハウプマン中尉はこの戦争で多くの人間を殺した。彼にとってそれは生身の人間ではなく、スコープ越しの標的に過ぎなかった。だが今の彼はハビエル伍長の死を肌で感じられる距離にいた。彼はハビエル伍長を砂漠に埋葬すると彼の認識票と地球連邦軍の制服を貰った。ジオン公国軍の制服は彼の遺体の隣に埋めた。脱走兵として生きるためにはまずこの戦線を突破しなければならない。だが地球連邦軍の勢力圏まではそう遠くない。ならばジオン兵のままでいるよりは連邦兵に化けた方がいい。そう考えたからだ。そしてそれは祖国ジオンを捨てるという決意の表れでもあった。だが、自らの認識票だけは捨ててしまえばこの空前の大戦争の中、本当の自分まで消えてしまう気がして捨てられなかった。

ザクⅡが正面を向き、スコープの中にメインカメラの輝きが見えた。

「ここしかないだろ」

ハウプマン中尉は重機関銃を単発放った。

銃弾は一〇〇〇メートル以上飛翔し、狙い通りザクⅡのメインカメラに命中した。だが所詮は五〇口径弾である。メインカメラの保護シールドを貫けない。精々ヒビが入った程度だろう。

「しかしなんでこんなバカなことをしているんだろうな、オレは」

自分でも不思議だった。これから間違いなく死ぬのに彼の心中は穏やかだった。

そもそもこの部隊が脱走兵である自分を追ってきた可能性がある。だとすれば少年達を助ける義務がある。それが理由の一つ。本物のハビエル伍長なら少年達を助けるためにこうしたはずだ。それも思った。だがそれだけでこんな心持ちになれるはずがなかった。この戦争で多くの命を奪った自分よりあの懸命な少年達の方が生きる価値がある。そう感じていたからだろうか。確かに多くの命を奪った自分が三つの命を守れるかもしれないというのは救いだ。それもまた理由の一つかもしれない。しかし肝心なところで答えは出せなかった。だが想いだけは素直に言葉に出来た。

「上手く逃げてくれよ」

ハウプマン中尉はこの世界にいるかどうかすら分からない何者かに祈る。

ザクⅡのパイロットは損傷はおろか被弾そのものを気に掛けていないだろう。だが狙撃手を障害物と見なし、ハーフトラックより先に攻撃するのは間違いない。

続けて彼は重機関銃を三発放ち、最初に着弾したメインカメラの保護シールド近辺に命中させる。その内の一発がひび割れた保護シールドを突き破り、メインカメラを損傷させた。ザクⅡのメインカメラが暗くなったのを認めると彼はスコープから目を離した。

「オレが出来るのはここまでだ。幸運を祈る。少年達」

メインカメラを失ってもMSには機体各部のサブカメラがある。それだけでとりあえずの稼働は可能だが、作戦行動は大幅に制限される。ハーフトラックを追う余裕はないはずだ。

ザク・マシンガンの銃口が彼が隠れている岩山に向いた。狙撃兵退治の定石は第二次世界大戦の昔から決まっている。正確な居場所が分からなくても、隠れられそうな場所を砲撃すればいい。ザク・マシンガンが火を噴くと岩山はたやすく崩れ去り、ザクⅡへの狙撃は止んだ。

◆　◆　◆

ヴァンが目を開けると暗褐色の天幕が目に入った。どうやら簡易ベッドの上らしい。腕と肩が痛い。点滴のラインが見えて、治療を受けているのだと分かった。

続けてダニカの顔が目に入った。小さなコンテナに腰掛け、ヴァンの容態を見守っていたらしい。ダニカは一端目を伏せ、胸を手に当てると口を開いた。

「大丈夫？　喉、乾いてない？」

「からからだよ」

「水を持ってくるね」

ダニカは立ち上がり、天幕の外に消えた。周りを見てみると大勢の連邦兵が簡易ベッドに寝ていた。地球連邦軍の救護テントなのだろう。ダニカはすぐに戻ってきてヴァンに水を飲ませてくれた。水はこの世の物とは思えないほど美味しかった。アーネストも駆けつけてきて、頭をポンポン叩いた。そしてヴァンが被弾したすぐ後に地球連邦軍に発見して貰い、護送されたことを教えてくれた。

ヴァンは安心してまた眠った。

次に目を覚ますと士官らしい男が来た。彼はヴァンから話を聞きたいということだった。簡易ベッドの隣に座ると、聞きたいのはハビエル伍長のことだと彼は言った。

ヴァンは覚えている限りのことを士官に話し、最後に訊いた。

「ハビエル伍長はどうなったんですか？」

心配だった。戦死したに違いないとは思ったが、訊かずにはいられなかった。

士官はさらっと答えた。

「戦死していたよ。本物のハビエル伍長はね。哨戒部隊が遺体を確認済みだ。君が持っていた認識票は回収させて貰った。事後処理に必要なのでね」

「でも……本物のって、どういう意味ですか」

ヴァンは自然と眉をひそめた。士官は小さくため息をつくと答えてくれた。

「君達と行動を共にした男の本当の名はライナー・ハウプマン。所属はジオンの海兵隊。階級は中尉。彼は極めて有能な殺し屋で、我が軍がマークしていたほどだ。撃破車両は二六両。五十名以上が犠牲になっている」

そして士官はその名が刻まれた認識票をかざした。

ヴァンは絶句した。

アーネストは顔をそむけた。

ダニカは俯いた。

「なぜ彼が我が軍の制服を着ていたのかが不明でね。それで話を聞かせて貰った。単なるスパイ行為か、亡命しようとしていたのか。何故、君達を助けようと無謀にもＭＳに立ち向かったのか……」

士官は立ち上がると室内礼をしてみせた。

「怪我しているところ済まなかった。ここは安全だ。ゆっくり休んでくれ」

士官は救護テントを去った。

天幕の下は喧噪に満ちている。今もまた新しい負傷者が護送されてきた。

ヴァンは天幕を見つめ、大きなため息をついた。

「忘れるんだ。彼はスパイだったんだ。敵軍の服を盗んで着るだけでスパイ行為なのだから」

アーネストは自分に言い聞かせるように強い調子で言った。

「でも……彼が僕達を助けてくれたのは事実だ」

ヴァンは小さく言葉にし、瞼を閉じた。

第一話

〝刻は動き始める〟

――宇宙世紀〇〇八五年一一月・北米・ロッキー山脈――


山間の村に激しい炎が上がっていた。

低い雲が照り返しで赤く染まるほどの業火だ。

しかし消火活動が行われる気配は一切ない。何故ならこの村は行政上存在しないからである。ここは貧しい地球の不法居住者と一年戦争で難民となった宇宙移民者が築いた開拓村だった。最初は戦火から逃れるための仮の住まいだった。が、ほどなく彼らは生き残るためにこの地の開拓を決心した。灌漑用水を引き、風力発電の風車を設置し、森を切り開いて家を建てた。それら全てが住民達の血と汗で成し遂げた成果だった。戦争が終わっても彼らはこの地を第二の故郷とすることを決めた。その後の道のりも決して平坦なものではなく、干ばつやハリケーンなどの自然災害があり、一昨年にはコロニーの落着事故までもが村を襲った。しかし村人はそれらを乗り越え、今年は実りの季節を祝った。

だというのに築き上げた村と開墾した田畑は今、炎に包まれつつある。

その災厄をもたらしたのは三機の黒い巨人〝ジム・クゥエル〟、ティターンズ専用の高性能MSだ。

ジム・クゥエルは村人達のささやかな抵抗を一撃で粉砕し、火炎放射器で村を焼き払った。家屋に人が残っていようといまいとティターンズには関係ない。公式には地球に不法居住者はいないことになっている。だから不法居住者には全ての人権が発生しない。

村人達は這々の体でMSと炎から逃れ、村の外へと走る。しかしそこには銃を手にした、黒い制服の男達が待ちかまえていた。男達は老若男女の区別なく村人達を銃床で殴り、手錠を掛け、装甲車に押し込む。ティターンズは彼らを捕らえると宇宙に強制送還する。行き先はスペースコロニーではない。労働力が常時不足しているアステロイドベルトや火星、または遠く木星圏まで送る。生活環境は人間が住む場所とは思えないほど劣悪で宇宙開発の最前線では事故死は日常的な出来事だ。送られれば二度と地球を見ることはない。

装甲車の中で女と子どもはすすり泣き、男は絶望に打ち拉《ひし》がれる。炎に巻かれた肉親や知人を思い、涙する。これが人間のすることかと怒り、憎しみを覚える。救いはないかと思われた。

しかしビーム・ライフルのドライブ音と激しい爆音が響いてきて、状況は一変した。装甲車の外で何が起きているのか村人達に分かるはずがなく、ただひたすら恐怖を感じるだけだ。戦闘の音はすぐに聞こえなくなり、静寂が戦闘の終わりを告げる。

そして彼らに救いの手が差し伸べられた。


「遅かった」

元ジオン公国軍所属フォルカー・メルクス少佐は全天周モニターを覆い尽くす炎の中で嘆いた。

幾つの命がこの炎に飲まれただろう。十や二十では済まないはずだ。この悲劇を生んだジム・クゥエルを撃破しても村は元の姿に戻らない。彼が駆る冬期迷彩の〝ハイザック〟は炎に照らし出され、怒気を漲《みなぎ》らせたように赤く染まった。

「ティターンズめ！」

そう言葉にすると一年戦争の時に失った右足が痛んだ。かつての自分自身をティターンズは思い出させるからだ。また、だからこそ彼はティターンズを許す訳にはいかない。

『隊長！　無事に村人達を解放しました。こっちの地上部隊はすぐ到着するようです』

ヘルメットの奥から聞こえてきた聞き慣れた声にメルクス少佐は微かに表情を緩めた。

「だが急がないとな。一般部隊の増援がないとも限らん」

メルクス少佐はハイザックをジャンプさせ、村の外で待つ僚機と合流した。僚機は中距離支援型ＭＳ〝ジム・キャノンⅡ〟。デラーズ紛争で実戦投入され、高い評価を得た機体だ。

『制圧は順調に進んでいますよ』

ＭＳの足下を見ると頭の上に手を組んだティターンズの兵士達が銃を突きつけられて、装甲車の前に並ばせられていた。制圧したのはメルクス少佐の仲間達だ。彼らは村人達をトラックに乗せ、炎から脱出していく。それを見送りながらメルクス少佐は言った。

「ルシアン……やはりやるしかないな」

僚機からの返答は間が開いた。だが返ってきたのは強い意志が感じられる言葉だった。

『ええ。やはり私達がやるしかないのですよ』

二機のＭＳは各々サブ《S》・フライト《F》・システム《S》〝ベース・ジャバー〟に乗り、炎に包まれた村から飛び去った。

もうじきロッキー山脈に冬が訪れ、緑なす峰は白い雪に覆われるだろう。野の生き物や森の木々は息をひそめて春の訪れを待つだろう。彼らにそれが出来るのは春が来ることを知っているからだ。

しかし人の世に春が来るだろうか。

メルクス少佐は考え込んでしまう。

ティターンズの存在は今の地球圏にとって危険すぎる。

だからこそ自分達が戦う理由になる。

メルクス少佐は操縦桿を固く握りしめた。

二機のベース・ジャバーはロッキーの山中に消えた。

彼らが再び姿を現すまで、もう少し時間が必要だった。

――宇宙世紀〇〇八五年一二月・北米・キャリフォルニア・ベース――

ヴァンは全天周モニターに映る緑色のジムを見据えていた。

シミュレーターと同じだ。何も変わらない。

そう自分に言い聞かせると落ち着きを取り戻し、周囲を眺める余裕が出てきた。

演習区域は白線に囲まれた三〇〇〇メートル四方。その奥に士官学校の校舎が見える。コクピットの高さから見る校舎は新鮮味がある。冬の曇天の下、校舎の前に並ぶ他の士官候補生達は、いつ模擬戦が始まるのかと私語を交わしていた。新入生で模擬戦を許されたのは初めてだから、ヴァンがどんな戦いをするのか興味があるのだ。

しかしヴァンは外野を意図的に無視し、モニター画像を拡大して金髪の少女を探す。そして演習区域の角に立つダニカを見つけ、更に拡大した。ダニカはヴァンが乗るジムを緑色の瞳でまっすぐ見てくれていた。

ヴァンは静かに腹の底まで息を吐いた。

全天周モニターとリニアシートにはもう充分慣れた。シミュレーターが従来型から換装されてまだ二ヶ月だが、今では目を閉じてもどこに何があるか分かる程だ。しかしその程度ではアーネストと勝負にならない。ヴァンもそれは分かっている。全天周モニターの一部に教官機のコクピット内映像が表示され、ヘルメットを被ったアーネストの姿が見えた。

『ヴァン候補生。準備はいいか？』

「はい。マクガイア少尉。いつでもどうぞ」

ヴァンは気を引き締めて目の前の教官機を敵機指定する。

『お前とＭＳで戦える日がくるなんてな。俺は心を躍らせているぞ』

「私語厳禁ですよ、教官助手殿」

ヴァンは照れを隠し、模擬戦の開始合図を待つ。

もう周囲の視線は気にならない。目に入るのは〝敵機〟だけだ。

管制塔の教官から開始の合図が送られてきた。ヴァンは教官の『始め』を聞くや否やフットペダルを踏み込んだ。


ヴァンはハイスクール二年生の時、士官学校への入学を決めた。

正式名称は『地球連邦軍機動兵器教育訓練軍団付属士官学校』。地球圏に数多くある士官学校の中でもＭＳ教育に特化した組織で、終戦直後に設立された。キャリフォルニア・ベースで最も新しい施設で、広大な演習区域を含めた用地確保の都合上、キャリフォルニア最南端の人家も疎らな砂漠地帯にあった。ＭＳ教育には適した立地だが、決して過ごしやすい環境ではない。それでもヴァンが育った街から三〇〇キロしか離れていなかったから、彼の第一志望校となった。

彼が士官学校を希望したのは主に経済的な理由だ。

宇宙世紀〇〇八三年一一月、〝移送中の事故〟により、地球に再びコロニーが落ちた。今度は北米大陸を直撃し、直接、二次被害で数十万の住民が犠牲になった。その上、大規模な気候変動で穀倉地帯が壊滅的な打撃を受け、復興巾だった交通網は再び分断。生活インフラも破壊された。

この〝移送中の事故〟の直前にジオン残党のデラーズ・フリートが決起したことは誰でも知っている。地球連邦軍が宇宙要塞コンペイトウで多くの犠牲を払ったことも暗黙の事実とされている。このコロニー落着をただの事故だと思っているのはおめでたい人間だけだろう。

ヴァンの父はこの紛争時に宇宙へ取材に行って命を落とした。一年戦争の戦場を駆け、生き残った彼だったが、今度は愛用していた一眼レフカメラだけが戻ってきた。ヴァンは父が好きだったし、平和主義的なその仕事も認めていた。だから父の死を知らされても、本人は好きで選んだ仕事で死んだのだから本望だろう、と思っただけだった。幸い遺族年金と再版される写真集の印税で日々の生活には困らなかったが、大学に進学出来るほどの額ではなかった。

身の周りでヴァンが進路を相談出来る相手はアーネストだけだった。その頃、彼は士官学校に在籍していたから答えは予想出来たのだが一応訊いてみた。

「来い。お前が来る頃俺は卒業しているだろうから俺が推薦文を書いてやるぞ」

ヴァンが思ったとおりの答えだった。

マクガイア家は旧世紀から続く名門の軍人一家だ。軍人となることを運命づけられていたが、アーネストは嬉々としてそれを受け入れた。彼の父、マクガイア大佐が一年戦争で死没したことも軍人になる動機の一つだったようだ。マクガイアの名は今でも北米方面軍で大きな影響力を持っている。彼が推薦文を書いてくれれば入学の助力になることは間違いなかった。

一方、相談しても確たる答えが返ってこないと分かっていたがダニカにも訊いてみた。

彼女は小さく首を傾げ、言った。

「ヴァンは何がしたいの？」

逆に訊かれてもすぐには思い浮かばず、ヴァンは戸惑った。

一年戦争が終わってからも世間ではろくなことがなかった。地域紛争とテロと重税で誰もが苦しんでいた。景気がいいとＴＶはいうが、一部の大企業が復興特需で儲かっているだけで一般市民の暮らしは苦しいままだ。そこにあのコロニー落着だったし、父の死があった。だから夢なんてとても抱けなかった。考える時間が欲しい。何かをするにしてもこのまま社会に出るのは考えられない。

ヴァンが士官学校への入学を決めたのはそんな理由だ。

ハビエル伍長を思い出さなかったと言ったら嘘になる。自分があんな大人に、軍人になれるのかという迷いもある。だが士官学校に行っても、専攻をとって博士号をとることも出来ると聞いていた。だからアーネストが休暇で帰ってきた時、ヴァンは思い切って入学の意思を伝えた。するとアーネストは笑みを浮かべ、地球連邦軍主催の宇宙航行ジュニアプログラムの申込書をヴァンに渡した。それは航空宇宙科学教育を目的とした課外授業で、受講すれば士官学校の入学に有利になるものだ。これにはかつてアーネストも参加していた。

ヴァンはそれ以上考えるのを止めた。士官学校に入ればまた考える時間を作れる、と思ったからだ。ヴァンはプログラムへの参加を決め、それにダニカも加わって、二人揃って授業を消化した。また、プログラムが行われる施設では旧式のＭＳシミュレーターにも触れることが出来、二人ともそれに惹かれ、基本操縦を習得すると対戦に熱中した。

そして〇〇八五年春、無事士官学校を卒業したアーネストが推薦文を二通記し、夏が終わった頃、ヴァンとダニカは晴れて軍属となった。

ＭＳの模擬戦はさんざんな結果に終わった。

ヴァンの判定用レーザーガンの命中率は二〇パーセント以下。接近戦に持ち込もうと牽制、回避しつつ間合いを詰めている間に撃破判定された。マニュアル通りにやったはずだったが、アーネストに大差を付けられた。その理由を考えていると目の前のジムから昇降ワイヤーを用いてアーネストが降りてきた。ヴァンもジムから降りるとアーネストが駆け寄ってきた。彼は敬意を示してヴァンを抱きしめ、背中を幾度も叩いた。

「よくやったヴァン！　実機に乗って僅か一二時間とは思えないぞ！」

アーネストはご機嫌だった。

「いいや。まだまだだよ」

「あとは一つ一つの動作を速く、確実にすることだな。基本は身に付いている」

「ありがとう、アーネスト」

アーネストとの抱擁を終え、ヴァンはＭＳを格納庫に戻す。

ジムをハンガーに駐機させるとダニカが下で待っていて、ヴァンは笑顔になった。

「残念だったね」

ダニカは腕組みをしながら迎えてくれた。

「そうかな。アーネストは教官助手だよ」

「ううん。技術じゃない。君に足りないのはＭＳを、人を撃つ覚悟だと思うよ」

ダニカはクールな表情のまま感情を表に出さない。それもまた事実だろうとヴァンは思う。言われてみれば模擬戦の最中、臆した覚えもある。自分は軍人には向かないのかもと口に出しそうになったが、危うい所で止めた。仮にも自分で決めた進路なのにとダニカに軽蔑されるのは嫌だった。

「努力するよ」

そう答えるのが精一杯だった。

「ところでクリスマス休暇はどうするの？　やっぱり家に戻る？」

ダニカは目だけで笑んで見せた。

「父さんの命日に墓参りに行けなかったから。それくらいは」

「そうか。では私はやはり宿舎に残るよ。家には戻りたくないしね」

だがそれは寂しすぎるとヴァンは思う。

「帰ってきたらどこか行こうか？」

「心配はご無用」

ダニカは目を細めて微笑した。

「なるべく早く戻るよ。君に水を空けられたくもないし」

「そういうこと」

ダニカはヴァンに背を向け、格納庫の外へ歩き出した。ヴァンは彼女を見送った後、整備員から差し出されたチェック表にサインをしてから講堂に戻った。

今年のキャリフォルニアの冬は寒い。コロニー落着により、地球の気候は未だ安定していない。加えて地球温暖化による気候変動も顕著な昨今、どんな天候になろうとも動じないのが戦後の地球人ではある。

ヴァンはコートの襟を直し、編み目が不揃いなマフラーを気にしながら長距離バスから降りる。北に三時間ほどバスに乗っただけだが、ここでは吐く息が白い。

ヴァンが育った街はキャリフォルニア・ベース近郊のベッドタウンで、住民の三割以上が軍の関係者だ。バス停は繁華街の中にあるが、かつては大勢の人で賑わっていたそこも今では寂れている。基地そのものが産業のこの街では地球連邦の軍事予算の増減が景気に直結する。一年戦争で疲弊した地球連邦軍は今も再編という名目の縮小を余儀なくされており、街が寂れるのは当然だった。

寂れた繁華街を通り抜け、ヴァンは住宅街へ向かう。ヴァンの家とマクガイア兄妹の家は緩い坂道を登り切ったところにある。昔はアーネストと二人でこの坂を自転車で下り、野球に行ったり魚釣りに行ったりした。ダニカとは一緒に登校して、下校時には寄り道してソフトクリームを食べた。それも戦争が始まるまでのこと。幼い自分と兄妹を思い浮かべながら閉まって久しいアイスクリーム屋のシャッターを見て、ヴァンは侘《わ》びしさを覚えた。

坂道を登り詰めるとマクガイア家が見えた。戦争が終わってからは別居していた兄妹の母親が住んでいる。兄妹と母親は折り合いが悪かったからダニカが家に帰りたくない理由も分かる。

一方、ヴァンの家には人気が全くない。ヴァンは自宅の鍵を開け、冷え切った部屋の空気を吸った。全ての窓を開けて空気を入れ換え、積もった埃を掃き出す。ヴァンが実家に戻っても気安く会うような友人はいない。家の掃除と墓参りのために戻ったようなものだ。

一通り家の掃除を済ませると、最後にヴァンは暖炉の上の写真立ての埃を拭き取る。

それはヴァンの父、ビルが一年戦争の停戦の日に撮った一葉だ。撮影場所はアフリカ戦線だろうか。日干し煉瓦の家の前で連邦兵とジオン兵がぎこちなく握手をしていた。握手がぎこちなくても二人の顔は笑っている。

ヴァンはこの写真がとても好きだ。本物のハビエル伍長とハウプマン中尉のことを思い起こさせたからだ。彼らは戦場の中、友達と呼べる関係になった。彼らもまたこの写真と同じように笑いあえる瞬間があったに違いない。また、父はどんな気持ちでシャッターを切ったのだろうか。そんなことも考える。考えても答えは出ないが、なんとなく分かる気もしてヴァンは嬉しく思う。

自炊で簡単な夕食を済ませた後、ヴァンは父の遺品である一眼レフの手入れを始める。ビルはミノフスキー粒子の影響を想定し、他のジャーナリストに先んじて手動操作の銀塩カメラを使い始めた。その甲斐あって一年戦争で多くの仕事を成し遂げ、ビルは終戦の翌年にピューリッツア賞を受けていた。

ヴァンも写真を撮るのは好きで、父の真似をして銀塩カメラを試すこともあった。上手く撮るのは難しかったが、いつか使うこともあるだろうと手入れは続けている。久しぶりの機械いじりは楽しく、気がつくと深夜になっていた。ヴァンはベッドに潜り込み、クリスマス休暇の一日目が終わった。

翌日は父母の墓参と決めていた。母は殉職して戦死者墓地に葬られている。戦死者墓地は手入れが行き届いていたが、教会墓地に葬られた父の墓碑は掃除が必要だった。双方に祈りを捧げ、各々献花した。墓参の掛け持ちは意外と疲れ、その夜はすぐに寝てしまった。

そしてクリスマス休暇の三日目、ヴァンの運命は大きく変わり始めた。

その日は特にやることもなく、ヴァンは繁華街で買い物を済ませ、午後を読書で過ごした。日が沈む前に天候が急変し、激しい雨が降り始めた。そして日が沈んで気温が下がると雨はみぞれに変わった。

このまま雪になるだろうかと窓の外を眺めていると、家の前に一台のエレカが停まった。マクガイア家へ用があるのかと思ったが、エレカの主は傘も差さずにアシリアイノ家の扉を叩いた。扉を開けると訪問者が中年の男と分かった。コートの上からずぶ濡れになり、顔は青ざめ、眼窩もくぼんでいた。男はヴァンをつま先から頭まで見ると早口で言った。

「ビルはいるか」

「いえ、父は……ええと……ちょっと待ってください」

どうやら父への来客らしい。父が死んだことを知らずに来たのだろう。ずぶ濡れの男にタオルを渡そうときびすを返した瞬間、ヴァンは男に肩を掴まれた。

「ビルにこれを渡してくれ。それだけでいいんだ」

鬼気迫った表情で、男はヴァンの掌に何かを押し込んだ。そしてずぶ濡れのまま激しいみぞれの中に戻り、エレカに乗り込んで去っていった。明らかに普通ではなかったが、当のヴァンは何が起きたのか訳が分からず、去っていくエレカをただ眺めた。そして扉を閉めようとして初めて、掌の中の記録媒体に気がついた。それはデジカメで使われている汎用のもので、士官学校のＭＳシミュレーターでも個人データの保存用に採用されているありふれたものだった。

来客が父の仕事関係だとすると記録媒体に特ダネでも入っているのだろう。しかし渡してくれと頼まれた父は故人だ。ヴァンはどうしたものかとしばらく考えた後、父が使っていた画像処理用のデスクトップを起動させて記録媒体の中身を確認した。

（軍事用のコピープロテクト……？　ＭＳのガンカメラのデータ？）

暇さえあればＭＳシミュレーターをやっているヴァンにとっては見慣れた動画ファイル形式だ。このデータは撃墜判定用にも使うため、厳重なコピープロテクトが掛かっているのが通例である。このデスクトップにデコーダーも入っているようだ。ファイルを指定するとデータの再生が始まった。

《31・Jul・0085》

場所の表示はない。時間の他にカウントダウンのカウンターが回っている。

システムが起動するとガンカメラはＭＳデッキを映し出した。普段ヴァンが慣れ親しんでいる格納庫より遙かに狭い。無重力区画なのだろう。浮いていたメカニック要員がワイヤーガンを発射してMSの前から待避していく。外部マイクが拾った音声から判断すると、これからエア抜きをするらしい。サラミス改級かアレキサンドリア級か。MSは濃紺のジムタイプと最新型のハイザックが並んでいることから、ティターンズだと分かった。ティターンズは士官学校では憧れの存在だ。アーネストがティターンズ入りを強く希望していたから、装備しているMSのカラーリングすらヴァンの記憶に残っていた。

ハッチが開くとハイザックがカタパルトに載り、射出された。続けてジムが、最後にこのデータを撮影している機体が出撃した。

宇宙空間に出ると下方に眩しい青い地球が小さく見え、しばらくして同一軌道側面にコンテナらしきものが現れた。コンテナから作業ポッドが離れていき、代わりにMSがとりついた。MSからのコントロールで別軌道に投入するらしい。コンテナは燃料タンクを二本束ねたような形状をしている。そして側面に『G‐3』の文字を発見し、ヴァンは目を疑った。

ジオン公国軍が使用した化学兵器『GG』を上回る毒性を持つ『G3』を連邦軍が開発、保管しているという噂は士官学校で聞いていた。しかし何故ティターンズが実戦形式で『G3』を用いているのか。ヴァンは混乱すると同時に恐怖を覚えた。

正面にスペースコロニーが見えてきた。一般的な開放型のコロニーだ。対比する物がないため、ガンカメラの映像では大きさと距離が掴めないが、コクピットの全天周モニターにはサポートデータが表示されているはずだ。ＭＳ隊はコンテナの軌道をコロニーのそれと同調させ、表面に着陸させる。そして固定作業が始まった。固定作業が終わると今度は注入作業に移る。ＭＳはタンクの端から数本のパイプを引き出し、コロニー建造後に外部から空気を注入するためのエアバルブに接続する。

俄には信じがたい光景だった。

この画像を撮っているＭＳが移動を開始し採光窓の上まで飛ぶと、ガンカメラが望遠モードに切り替わった。ガンカメラはコロニー内部の街を詳細に映し始め、ヴァンは数分でモニターから目を背けた。それ以上は恐ろしくてヴァンはとても見られなかった。

最後に映し出されたのはDie-in《ダイ・イン》イベントのように人々が通りに倒れている光景だった。だがそれはあまりにも生々しい映像だった。人々は不規則に折り重なり、まだ苦しそうに喉を掻きむしっている人がいた。エレカが建物に突っ込み、所々火の手が上がっていた。これがダイ・インであるはずがなかった。

「……なんなんだ、このデータ……」

ヴァンはベッドに横になり、堅く目を閉じた。眠れないが目を開ける気にはなれない。様々な想像を巡らせ、これが反地球連邦活動家が作った偽映像ではないかと考えた。ティターンズの演習映像と一年戦争の時のジオンが撮った映像を合成したプロパガンダ用映像だ。エリート部隊のティターンズは地球連邦軍の将兵にとって憧れの的でも活動家からしてみれば宿敵だ。だから悪役にした。それにコロニーが一つこんなことになっていたら事件にならないはずがない。……だが偽物だとしたらどうしてあの男はこのデータを父に渡そうとしたのだろうか。確かに父は反戦的と言ってもよい写真を撮っていた。だが、何より捏造を嫌っていた人だった。それを知っていれば捏造データを父に渡そうなどとは思わないだろう。それを顧みると真贋を含め、真剣に扱わねばならないデータに違いなかった。

殆ど一睡も出来ないまま朝を迎え、ヴァンは士官学校に戻ることを決めて帰り支度を調えた。ヴァンが相談出来る相手は、やはりアーネストしかいなかった。

外に出ると昨夜の大雨がすっかり止み、キャリフォルニアの空に青が戻っていた。

弱々しい冬の太陽でも温かく思えた。

ヴァンは家に鍵を掛け、白い息を吐きながら長距離バスの停留所へと急いだ。

――　宇宙世紀〇〇八五年一二月・北米・ニューヤーク・地球連邦軍宇宙軍学校　――

「分不相応ではありますが、何とぞよろしくお願いいたします」

アーネストは深々と頭を下げた。

ダークブラウンの執務机の向こう側に座る准将の階級章をつけた初老の男は少し残念そうに言った。

「ティターンズに行きたいのかい。アーネスト坊や」

アーネストは面を上げ、決然として答えた。

「はい。ティターンズが地球の未来を形作ると信じております」

　ボング准将は父の古い友人である。彼はティターンズを好ましく思っていないようだが、アーネストに退く気はなかった。

　ボング准将は現在、アーネストが所属している地球連邦軍宇宙軍学校の校長職にある。宇宙軍学校は将来の地球連邦軍を担う人材、すなわち幕僚となる人材を育成するための特殊機関だ。アーネストは士官学校を卒業すると、続けてそのカリキュラムに参加した。アーネストが教官助手として配属されているのも宇宙軍学校のカリキュラムの一つで、来期にはまた別の課題を与えられる。今度は北米とは限らない。地球の裏側かもしれないし、宇宙かもしれない。だからアーネストはそうなる前にティターンズへの足がかりを作っておきたかった。数多くのエリートを育て、人脈も人生経験も豊富なボング准将以上の人物をアーネストは知らない。その彼に精鋭部隊ティターンズへの推薦文を記して貰うため、アーネストはキャリフォルニア・ベースを離れて宇宙軍学校があるニューヤークに来ていたのだった。

「確かにティターンズは精鋭が集められた部隊だ。だが悪い噂も聞こえてくる。特にあのバスク・オムという男は平気で部下を切り捨てると聞いているぞ」

「それも地球圏を正さんとする決意の表れでしょう。全ては見方次第です」

「全ては見方次第、か。君の父上がご存命ならどう言ったかな」

「そのような〝もしも〟の問いには答えられません」

ボング准将は苦笑した。

「では本当のところをこのボングおじさんに話してはくれないか。アーネスト坊やはティターンズに何を求めているんだい？」

そう真っ正面から訊かれ、アーネストはどう答えたものかと躊躇った。だが推薦文を認めて貰うのに当たって、本当のことを答えないのは卑怯だと思った。

「力が欲しいのです。弱者は強者に蹂躙されてしまいます。弱者が強者に抗い、その意思を挫いたとしても自らの命を落としては何にもなりません。生き延びてこそ未来があるのです。だから私は力が欲しい。地球を守り、自分が生き残れる力が」

「その力は今の連邦軍の一般部隊にはないと」

「はい」

「若者は正直だな」

ボング准将はまた苦笑した。「君の父上がご存命であれば私が将官になることもなかったかもしれないし、ティターンズが北米まで進出することもなかったかもしれない。だがアーネスト坊やの言うとおり、もしもの話をしても仕方がない。マクガイア少尉がティターンズで己の正義を貫こうというなら、推薦文を書こう」

そう言うとボング准将は羽根ペンの先をインク壺に入れた。

「ありがとうございます」

アーネストは再び頭を下げた。ボング准将は羊皮紙にペンを走らせ、最後にサインを認めた。そして面を上げると目を細めてアーネストを見た。

「これは私の方からジャブローに送っておこう。ティターンズとしても優秀な人材が参加してくれて喜ぶと思うよ。ただね、アーネスト坊や。軍はエリートだけで動くような組織ではないことだけは忘れないでくれ。末端の兵から参謀本部まで、全員がベストを尽くして初めて力を発揮するのだからな」

「肝に銘じておきます。ありがたいお言葉です」

「人間、擦れてくると肝心なことばかり忘れる。アーネスト坊やにはそうならないで貰いたいものだ」

「感謝します……ボングおじさん」

「次に会うのはいつになるかな……少なくとも結婚式には呼んでくれよ」

「相手が見つかったら、ご挨拶に参ります」

「ダニカ嬢ちゃんもいい女になったか？」

「まだまだです。でも今、士官学校に在籍しています」

「マクガイアの血だな。嬢ちゃんにもよろしく伝えておいてくれ」

「もちろんです」

アーネストは満面の笑みを浮かべ、校長室から退室した。

廊下を歩きながらアーネストは考えた。

ボング准将の言うことはもっともだ。しかし現実はそうではない。地球連邦軍という人類史上最大の組織は現在、自己崩壊を始めている。ジオンの残党という仮想敵。地球連邦政府樹立以前から続く世界各地の抵抗運動。新たに生まれるであろう宇宙移民者の抵抗組織。それらの脅威と戦おうとしても、今の地球連邦軍には派閥争いに明け暮れ、私腹を肥やす者が数多くいる。彼らが軍の主導権を握ったままでは戦う前に組織が潰れてしまうだろう。

ティターンズはそんな一年戦争後の混沌を収拾するために生まれた、地球連邦軍再編の要とも言える存在だ。既得権益を剥がされる側から誹謗中傷されても、ティターンズは地球連邦軍の希望なのだ。

「俺はティターンズになる。それがスタートなんだ」

そう言葉にするとアーネストは自分が強くなれる気がした。


――宇宙世紀〇〇八五年一二月・北米・キャリフォルニア・ベース――

クリスマス休暇中の士官学校は静かだった。

いつもの休日なら多くの候補生が居残ってレポートを書いているものだが、クリスマスは特別だ。殆どの士官候補生が里帰りをしている。ヴァンも陰鬱な気持ちを心の奥深くに沈め、地元の繁華街でダニカへのプレゼントを買っておいた。

自室に戻って荷物を置くとヴァンは教官室へと赴いた。候補生は休暇中でも職員は仕事だ。しかしアーネストはニューヤークの宇宙軍学校に出張中だと聞き、ヴァンは肩を落とした。しかも戻ってくるのは明後日だという。それまで自分の胸の中に秘密を留めておけるのか不安になったが、仕方がない。次にヴァンはMSのシミュレーター室へ赴いた。おそらくダニカはそこにいる。最近、ヴァンの方が勝率がいいからか、彼女は熱心に練習をしていた。

シミュレーター室にはMSの最新型イジェクションポッドが何台も据え置かれ、シミュレーターとして使われている。今日、稼働しているのは一台だけだ。クリスマス休暇中に居残りしてまでシミュレーターをするような物好きはダニカ以外いない。ヴァンは空いているシミュレーターに入ってシステムを起動させ、稼働している台にシグナルを送る。すぐに相手から反応があり、対戦が始まる。シチュエーションは市街戦だ。ヴァンはビルを遮蔽物に使い、慎重に撃ってくるジムを相手に突撃と後退を繰り返し、揺さぶりをかける。しかし不意に脳裏にあの映像が蘇って後退のタイミングを逸し、ヴァンは一方的に撃破されてしまった。

『もしかして……もう帰ってきた？』

スピーカーから訝しげなダニカの声がした。

「今日は駄目みたいだ」

ヴァンは明るい声を作った。

『……何かあった？』

ダニカに隠し事は通用しない。相手からの接続は切れてすぐにシミュレーターの扉が開いた。

「ただいま」

ヴァンは扉を開けたダニカにプレゼントの箱を差し出し、彼女は唇を微かに曲げた。

「やだな。サプライズ？」

「君が好きだった駅前のロールケーキ。後で一緒に食べようよ」

ヴァンは笑い、ダニカは苦笑しながら箱を受け取った。

「お土産は嬉しいけど、こんなんじゃゴマ化されないよ」

ダニカは訝しげにヴァンの顔を覗き込み、彼の額に人差し指を当てる。「よく知ってると思うけど、私、嘘は許さないから」

「ごめん。ちょっとショックなことがあってさ。まだ君には話せないけど」

「ふうん」

ダニカの目が据わった。こうなると怖いのだが、彼女に話すかどうかはアーネストに相談してからにしたかった。ダニカに無用な心配を掛けたくなかった。

「話せる時が来たら話すよ。僕の心の整理がつくまで時間が掛かりそうなんだ」

ダニカの表情は硬いままだったが、緑色の瞳でしばらくヴァンを見つめた後、諦めたように頷いた。

「分かった。約束だよ」

ヴァンも頷くとダニカはようやく表情を緩めた。

「じゃあもう一回勝負しよう。負けた方が夕食を作ること。いい?」

「今度は負けないよ」

ヴァンは笑ってそれに応えた。

その後、二人は対戦を十数回繰り返し、結局ヴァンがパスタを作った。ダニカのMS操縦の才能は開花しつつあるようだ。ヴァンが家に帰る前より確実に上手くなっている。自分も頑張らなければと素直に思えた。

オリーブオイルとガーリックの匂いが宿舎の自室に漂い、ヴァンは二枚の皿にパスタを盛りつけた。物を造ることは人として自然だ。それが口にしたら消えてしまう料理であってもヴァンの心は穏やかになる。宿舎の個室に簡易自炊設備があるのは自立心を養うためだそうだが、養えるのはそれだけではないとヴァンは思う。

ヴァンは皿を小さな丸テーブルの上に運び、席に着いた。

「久しぶりだね。ヴァンの手料理」

テーブルの向こうでダニカが微かに笑んだ。

「どうぞご賞味ください」

皿をテーブルの上に載せ、ヴァンも丸椅子に座った。パスタの味はそこそこだが、他愛ないことを話している内にヴァンは心の平安を取り戻していく。皿の上のパスタがなくなり、お土産のロールケーキを切り分けた時、ふとヴァンは気づいた。

「ダニカが負けたら何を作ってくれたの？」

ダニカは当然とでも言うように答えた。

「私がジャーマンポテトしか作れないの知っているでしょう？」

「聞いた僕がバカだったよ。というか勝っても負けても僕が作るつもりだったんだけどね」

ダニカは小さく声を上げて笑った。

「君らしいよ」

ヴァンは嬉しかった。

食事を終えて、二人で後片付けを始める。ＢＧＭ代わりにＴＶのスイッチを入れるとちょうど夕方のニュースをやっていた。使った食器も鍋も少ないから後片付けはすぐに終わり、テーブルに戻ってお茶の時間にする。

アナウンサーが読み上げるのは悪いニュースばかりだ。地方政府の財政破綻やコロニーの再建問題。民間船のデブリ事故に健康保険料の値上げ。気候変動に農作物の供給問題。明るいニュースは一つもない。一年戦争が終わってからというもの、毎日がこんな感じだ。聞こえていてもあまり耳には入らない。しばらくして地方局のニュースに切り替わったが、ヴァンはそのままTVを眺め続けた。今晩のトップはエレカが河に落ち、男性が溺死したというニュースだった。TVの中では河の中に落下したエレカを引き上げる作業が行われている。事故の場所はヴァンの実家に近いようで、ようやく興味をそそられた。その上、引き上げられている車体になんとなく見覚えもあった。続いてアナウンサーが車内で溺死した男の名前を読み上げ、ジャーナリストだと付け加えた。地元の警察はブレーキをかけた形跡がないことと別の車に追われていた目撃証言があることから事件性があるとして捜査するようだった。

嫌な感じがした。

ヴァンは自室の端末でその男の名を調べ、顔写真を探し出して愕然とした。

「うん……間違いない」

殺されたのか、と言葉にしそうになったが、ダニカの手前、すんでの所で止まった。

「何が？　もしかしてショックなことがあったというのはこのこと？」

基本的にダニカは鋭い。彼女を前にして隠し通せそうにないし、あの映像を自分一人の胸の中に留めておくのも辛い。それでもヴァンは大きくため息をつき、ダニカをまっすぐ見た。

「君を巻き込みたくないから言いたくない」

「それが私に通用すると思う？」

ダニカはそう言うと唇を真一文字にした。ヴァンは少しの間の後、弱々しく首を横に振った。

「じゃあ話しなさい。聞いて後悔するかもしれないけど、君一人だけがトラブルに巻き込まれて私が何も出来なかったら私、君よりもっと後悔するから」

こうも自分と違うかとヴァンは己を情けなく思う。だがダニカが今の自分の立場で、自分が彼女に何もしてあげられなかったら激しく後悔するだろう。それは容易に想像出来た。だからヴァンは重い口を開いた。

「僕、あの人と会ったんだ。そして彼がこうなってしまった理由も見当がつく」

そしてヴァンは端末に記録媒体を入れ、ダニカに映像を見せた。


「……何、これ」

ガンカメラの映像を見終え、ダニカは一瞬、言葉を失った。

「偽物には見えないよね」

「30バンチ事件のデータだと思う。こんな映像が流出するなんて信じられないけど、軍の内部で反感を買っているとすればあり得ない話じゃない」

ダニカは俯いて考えをまとめようとしていたが、ヴァンは聞き慣れぬ言葉に疑問を覚えた。

「『30バンチ事件』って？」

ダニカは少し頭を上げ、ちらりとヴァンを見た。

「半年前、ニュースになったでしょう。伝染病でコロニー一つ丸々封鎖されたのにその後の詳細は公開されなかった」

「覚えてる。確かサイド1の30バンチだ。コロニー一つ見殺しにした対応の遅さは政府の怠慢だって、マスコミが騒いでいたね」

「でも地球連邦政府は批判に甘んじた。事実を隠し通すためには必要なことだったから」

ダニカは面を上げ、ヴァンを正面から見た。

「それがあの映像？」

「そう。その日、30バンチでは大規模な反地球連邦政府デモが行われていたの。だから伝染病なんて都合が良すぎるでしょう。犠牲者は三百万人とも千五百万人とも言われてる。最初は生《B》物兵器って言われていたけど、生き残りの話を聞いて化《C》学兵器だと分かった」

「生き残りがいたのか……」

「これほど端的にティターンズが自らの手を汚したと分かるものはない。命を懸けても誰かに託す価値があるってことね」

「でもどうしてダニカはそんなに詳しく知ってるの？」

ダニカは微かに表情を曇らせた。

「ちょっとでも宇宙に興味を持っていれば耳に入ってくる話でしょう。どこまで本当かは分からないけどアンダーグラウンドな出版物では事実として扱われている」

そしてベッドに腰を掛け、真剣な眼差しでヴァンを見た。

「ありがとう。話してくれて。これで私も腹をくくらなくっちゃならないね」

ダニカは大きく目を見開き、両の拳を固めた。

いつだったかこんな表情のダニカをヴァンは見たことがあった。それは一年戦争の時、谷間を越えようとしている時のことだとヴァンはすぐに思い出した。あの時、自分は負傷してしまい、何も出来なかった。アーネストとダニカに守られていた。今も大して変わらない。ヴァンは自分の弱さを呪った。

「あのジャーナリストはティターンズに殺されたんだと思う。僕も同じように口封じされるかもしれない。君を巻き込むべきじゃなかった。こんな気持ちになるくらいなら君に見せるんじゃなかった」

ヴァンは苦笑した。不思議と人間はこんな時、笑うことしか出来ないものだ。

「……その記録媒体。私が持つ」

ダニカは神妙な顔つきでヴァンに言った。彼女なりにヴァンのことを気遣ったに違いない。だがヴァンは少し迷った後、はっきりと答えた。

「絶対に駄目だ。そうしたら確実に君にまで危険が及ぶ」

それについては一点の迷いもなかった。

その思いが伝わったのか、ダニカは諦めたように小さくため息をついた。

「じゃあヴァン、約束して」

ダニカは小さく首を傾げた。

「何を？」

「私を信じて。何があっても」

そして笑みを作った。無理していることくらいヴァンにもすぐ分かった。

「もちろんだよ。ダニカだもの」

これまで他の誰よりも長くダニカと一緒に過ごしてきた。ダニカはヴァンにとって掛け替えのない人だ。彼女を信じずに誰を信じられよう。

「それともう一つ。もう誰にもあの映像を見せないこと。存在も匂わせない。それは君を守るためには絶対に必要なことだよ」

ダニカは立ち上がり、ヴァンの鼻にちょこんと人差し指を当てた。

「う、うん」

ヴァンはそう答えるより他なかった。「でも、アーネストにも？」

アーネストに話せないのは辛い。真っ先に相談するつもりだったのに彼の出張で歯車が狂ってしまった。しかしもうダニカに見せてしまった以上、致し方ないことだ。

重大なことなのにダニカはやけに明るく答えた。

「そう。兄さんにも。分かったら今日からも普通に過ごそう。追跡者が来るだろうけど手は打つから」

「手を打つ？」

そう言われても俄には信じがたかったが、ダニカは自信たっぷりに言った。

「信じてくれるって言ったよね。だから、私に任せて」

またヴァンは言葉を失い、ダニカは小さく苦笑した。

ダニカに頼るだけで、自分は何もしなくていいのだろうか。

ヴァンはまた悩み、頭の中にいろいろな考えが駆け巡るが、それはあまりに多すぎて収拾がつかない。

それでも最後まで頭に残ったのはダニカのことだった。どうしてこうも自信たっぷりに任せてと言えるのだろう。ダニカだって普通の士官候補生に過ぎない。戦死した彼女の父、マクガイア大佐の知人を頼るのだろうか。どうあれヴァンにはダニカが別の人のように感じられた。

それでも。

「……信じるよ」

そう言ってヴァンが頷くとダニカは輝くような笑顔を見せてくれた。

アーネストは重い瞼を無理矢理開け、クリスマス休み前に候補生達が提出したレポートを採点していた。有給でニューヤークまで行ってきたために仕事が溜まっていた。教官室には彼と同じように採点業務や普段出来ない仕事に手を付けている教官達が大勢いる。彼らも年末年始の休みの前に仕事を片づけたいのだ。レポートを何枚か片づけるとヴァンが提出したものが出てきた。今回の課題はMSの新装備に関するものだ。ヴァンは有重力下でダミーバルーンを使った場合の戦術について書いてきた。彼はそれを数パターン用意していたがまだどれも思いつきのレベルで、とても戦術とは呼べなかった。だが独創性は感じられた。

「ま、こんなものか」

少し身内贔屓が入ったかな、と思いつつアーネストは七〇点をつけた。

しばらくして隅のコーヒーメーカーから香ばしい匂いが漂い始め、アーネストはご相伴に与ろうと立ち上がった。コーヒーを淹れていたのは主任教官のカーク大尉だった。

「どうだ？　候補生から教官になった気分は。クリスマス休暇なんて軍人になればないからな」

カーク大尉はデラーズ紛争を最後に現役を退いたベテランMSパイロットで、士官候補生時代のアーネストの教官でもあった。

「まだ助手ですよ。候補生のレポートを読むのは自分のレポートを書く上で刺激になりますが、きつい

「仕方がないだろう。自分の選択だ」

カーク大尉は自分のマグカップに漆黒の液体を注ぐとアーネストが手にしているカップにも注いだ。

「そういやどうだ？　お前の弟。結構操縦センスあるじゃないか。フィジカル面も耐G訓練する前から訓練で得られる以上の耐性がある。まだ実機に乗って十数時間だってのに飲み込みもいい。空間戦のパイロットに仕立ててみたい。お前も手応えあっただろう」

カーク大尉は模擬戦のことを言っているのだろう。確かに戦術のマニュアル通り、間違いはなかった。

「メンタル的にはまだまだですかね」

アーネストはブラックコーヒーを口に付け、目が覚めた。

「というか弟と言われて否定せんのな」

カーク大尉は苦笑する。

「実の妹よりヴァンの方がずっと気安いんですよ。事実、弟みたいなものですし」

「お前の妹は気が強そうだしな。だが学科は優秀だ。さすがお前の妹」

「ヴァンが誉められた方が嬉しいってのは肉親としては駄目なんでしょうな」

アーネストも苦笑する。

「ああ、そういえばお前の弟、お前がニューヤークに行っている間に会いに来ていたぞ。クリスマス休暇中なのに家に戻ってないんだな。家庭に問題でもあるのか？」

カーク大尉はアーネストを見て片方の眉を上げる。

「いえ。私は実家に戻ると聞いていましたが。そもそもヴァンには身よりがないので家庭の問題もないですし。単に人恋しくなったのかもしれませんね」

「そうならいいんだが、慌てていた様子だったしな。ちょっと気を掛けてやれ」

帰ってきていると知っていればそうもした。だがニューヤークから帰ってきたのは昨日だ。ヴァンはまだ自分が帰ってきたことを知らないのだろうか。

「ええ。当然」

「よろしい。だが身内だからといって贔屓はするなよ。お前が採点したレポートは後で見直すからな」

「ばれてましたか」

二人は顔を見合わせて笑った。

カーク大尉はコーヒーを飲み干すと自席に戻り、アーネストは自席にマグカップを持っていって採点作業に没頭した。

昼休みの鐘が鳴るとアーネストは気分転換を兼ねて売店へ行き、ホットドッグを買った。ホットドッグを頬張りつつ校舎と宿舎をつなぐ渡り廊下を歩き、陽光に当たっておこうと中庭を散歩する。茶色になった芝を踏みしめていると、渡り廊下にヴァンの姿を見つけた。背中を丸めて、確かに少し元気がなさそうだ。

アーネストは声を掛けたが、距離があったからかヴァンは気づかずに校舎に入っていった。アーネストは残っていたホットドッグを口の中に押し込むとヴァンを追いかけた。

MSのシミュレーター室だろうと見当をつけたが、あいにく外れだった。次にヴァンが行きそうな場所は図書室だ。レポートを書き上げるためにヴァンはダニカと一緒によく行っていた。次の予想は的中し、調べ物をしていたヴァンを見つけた。司書に各新聞のバックナンバーを出して貰い、隅々まで目を走らせていた。

「何を調べているんだ？」

「アーネスト……」

ヴァンが振り返り、彼の名を呼んだ。「ちょっと気になることがあってさ」

「お前、実家に帰ったんじゃなかったか？　どうして戻ってきた？」

「家の掃除とか、やること終わったから」

「それにしても俺に挨拶がないなんて冷たいな。確かに先日は学校にいなかったけど」

「帰ってきてから見かけたけど、忙しそうだったから声を掛けなかったんだ」

ヴァンは目を細めてアーネストを見た。ヴァンの目の下には隈が出来ていた。

「やっぱり何かあったのか？　顔色が良くないぞ」

「勉強に根を詰めすぎただけだよ」

ヴァンは笑顔を作った。確かに彼には昔から体力の限界まで勉強するところがあった。

「あまり無理するなよ。俺はいつかお前と轡《くつわ》を並べたいと思うが、お前がどうするかは自分自身で決めることだ。士官学校に来てくれただけで嬉しいと思っているぞ」

アーネストは肩をすくめて見せた。だがヴァンの表情は沈んだままだった。

「これからの地球はどうなるのかな。また戦争があるのかな。そうしたら戦うんだよね」

「軍人だからな」

「重いね」

「ああ。重い。給料以上に重い。しかしその重さは志でカバーするしかあるまい？」

「その志を抱かないで士官学校に入った僕が悪いんだろうな。しかも志を持って入りたかった人を結果的に蹴落とした訳だし」

ヴァンはばつが悪そうに頭を掻いた。

「それはこれから決めても遅くない。俺達は一年戦争を生き残った。その上で軍人になった。答えが見つからないはずがない」

アーネストはヴァンの隣の席に座った。

「アーネストはティターンズに入るの？　エリートコースだから？」

「それもある」

「正直だなあ」

「だけど一番の理由は最前線でジオンの残党と戦えるということかな。今はもう戦争が終わったんだ。奴らのやっていることは単なるテロに過ぎない。支持する国家あっての戦争だよ。今はただ市民の不安を煽り、平和を揺るがすだけの存在さ。俺は地球の平和を守る力が欲しい。なんとしても」

アーネストはヴァンを見た。ヴァンにも共感して欲しかった。だが彼は逆に顔を俯かせていた。

「僕もそうありたいよ」

アーネストはヴァンの背中を優しく叩いた。

「悩んでも答えを出せばいい。お前がどんな答えを出そうとも俺はお前の味方だ。忘れるなよ」

「ありがとうアーネスト。元気が出たよ」

ヴァンは笑顔を作って見せた。

図書館の入り口から小さくヴァンを呼ぶ声がした。ダニカが廊下から姿を見せて、二人を認めた。

「ダニカか」

アーネストはダニカを振り返った。

「兄さん」

ダニカの表情はいつになくしおらしかった。

「お前も家に戻らなかったのか」

「ええ。兄さんも同じでしょう?」

「そうだな。ヴァンを呼びにきたのか」

「お昼の時間だから。一緒に食べよう」

ダニカはヴァンに手を差し出し、ヴァンはその手をとって立ち上がった。

「じゃあ……アーネスト」

ヴァンは小さく手を挙げ、アーネストに別れを告げた。

アーネストの目の前には新聞のバックナンバーが残っていた。

「やれやれ。自分で受付に戻さないといけないのに。減点だぞ」

そう言いながら新聞を片づけようとしたアーネストだったが、ふと新聞のトップ記事に目がいった。

「サイド1・30バンチの宇宙病原体汚染……か」

アーネストも覚えのある記事だった。宇宙は真空かつ宇宙線が飛び交う、生命には過酷な場所だ。しかしそれらに耐え、地球外に由来する病原体が存在する可能性は旧世紀から指摘されていた。もしそれが存在し、感染すれば人類は免疫を持ち合わせていない為に大惨事となる。それが現実になってコロニー一つが全滅し、完全に閉鎖された。そういう可能性が極めて高い事件だった。本来それはコロニーを一つ閉鎖しただけで解決する問題ではない。一つのコロニーが地球外由来の病原体で全滅したのなら他のコロニー、そして地球にも同じ危険がある。つまり地球圏全体の危機として対応するべき大問題なのだが、地球連邦政府はコロニー閉鎖以外の対策を講じなかった。ヴァンが並べていた他の新聞はその時期のものだった。ヴァンはこの事件を調べていたのか。それとも他の事件を調べていたのか。

アーネストの心に微かな澱《おり》が沈んでいった。

「兄さんに話していないでしょうね」

廊下を歩きながらダニカがヴァンに耳打ちする。ヴァンは図書室に残ったアーネストを振り返り、小さく頷いた。ダニカは安心したようにヴァンの手を握った。

アーネストにデータのことを話さずに済んだのはヴァン的には奇跡だった。ダニカが来なかったらどうなっていたことか。

この三日間、ヴァンは自分なりに30バンチ事件について調べた。図書室で新聞を調べたのも二回目だ。繁華街のアンダーグラウンドな場所まで実際に行って書籍も漁った。アングラ書籍ではティターンズの非道が糾弾されていただけでなく、現在の30バンチ内の画像も公表されていた。それはおぞましいの一言に尽きる代物だった。

反地球連邦活動を行っている人々は生活を守るために再武装すべきだと憤っていた。ティターンズが直接関与した証拠を記録したあの映像が再武装化の引き金となるであろうことは容易に想像がついた。

そうなればまた戦争になる。

ヴァンはより暗く澱んだ。

何も考えたくない。

それが今のヴァンだ。許されないことだと分かっていたが自分ではどうすることも出来なかった。

閑散としたカフェテラスで昼食をとり、ダニカは心配そうにヴァンを見つめる。

「僕は大丈夫だよ」

ヴァンは空笑いした。

「そうだよ。もうすぐだから」

ダニカは安心させるように穏やかな言葉でヴァンを励ました。

何がもうすぐなのだろうかと少し疑問に思いつつ、ヴァンは頷いた。

今はダニカを信じてみようと改めて思うしかなかった。

ダニカがトレイを返却しに行き、ヴァンは一人になった。

テラス用の屋外ヒーターの下、今も霞んだ青空を見上げる。太陽の優しい日差しが目映い。太陽にうっすらと雲がかかり、幾重にも光が輪を描いていた。いつだったかヴァンはこんな太陽を見たことがあった。それは地球に降りてきて初めての冬の日のことだ。アーネストとダニカと三人で、凧揚げをしたり、キャッチボールをしたり。幼い頃の平和な一時を思い起こさせる日輪だった。

あの頃に戻れたなら。

そう願った時、声を掛ける者があった。

「ヴァン・アシリアイノ候補生だな。同行願おうか」

ヴァンが空から目を戻すと、そこには濃紺の制服をまとった二人の男がいた。

ティターンズ。

ヴァンは口の中だけでそう言葉にした。男達から無言の圧力を感じ、ヴァンは椅子から立ち上がる。

カフェの中にダニカの姿が見えた。

彼女はティターンズに気づくと、一目散に宿舎へ駆けていった。

ヴァンは視界の端で彼女を見送りながら、少しだけ許された気がした。


何発殴られたか記憶は定かではない。

ヴァンは指導室に連れてこられ、扉が閉まるといきなり腹に一発食らった。予想していなかった殴打にヴァンは胃の中の物が逆流したのが分かった。身体をくの字にするとアッパー気味の一発が顔面に入った。頭蓋内に衝撃が走り、痛みのような熱さを感じた。その後は身を縮めて、男二人の暴力の嵐にただ耐えるしかない。ヴァンは微かに怒りを覚えるが、恐怖が勝った。膝から力が失われて倒れそうになっても、男はヴァンの胸ぐらを掴み、無理矢理立たせる。

「お前が反連邦主義者とつるんでいるのは分かっている。さっさと記録媒体を出すんだ」

彼の顔からは冷めた怒りしか見て取れなかった。

「……知らない」

それが言葉になったのか、ヴァンは自分では分からなかった。口の中で鉄さびの味がした。血の味だ。

あちこち切っているらしい。

もう一人の年かさの男が恫喝を続けた。

「反連邦主義者の息子だ。親がのたれ死にならず子どもも大して変わらない末路を辿る。そうなりたくないなら我々に協力するんだな」

そう言いながらも男はまるで蛇蝎《だかつ》を見るような目をしていた。

ヴァンには怒りの感情も悲しみの感情も浮かばない。彼らは自分達以外の何かを理解しようとしないだけなのだ。人間は皆そういうものなのかもしれない。諦めに似た感情が浮かんでくるが、年かさの男が続けた言葉にヴァンはどうにも我慢がならなかった。

「お前みたいなのが士官候補生とはな。地球連邦軍の面汚しだ」

「気の毒だな」

ヴァンの胸ぐらを掴んでいる男が目を剥いた。

「地球連邦軍きってのエリート部隊、ティターンズがまずは暴力か。笑うしかない」

そう言ったつもりだったが、これも言葉になったか分からない。

一呼吸の後、ヴァンは男に後頭部を掴まれて顔面に膝蹴りを食らった。


教官室に戻ってきたアーネストの耳に信じがたいニュースが入ってきた。

「ウチにティターンズが来た」

教官室に入るなりアーネストはカーク大尉に呼び止められ、耳打ちされた。

「ティターンズが。何の用ですかね」

そう聞いてもアーネストはきょとんとするだけだ。まさかボング准将の推薦文を読んだティターンズのお偉いさんが使者を遣わした訳でもあるまいと脳天気にも思わないでもなかったが。

「校長に直に話を通して指導室を借りていった。ヴァン・アシリアイノが連れていかれたのを見たという教官もいる。ただごとじゃないぞ」

「ヴァンが」

アーネストは即座に頭を切り換えた。「指導室ですね」

アーネストは大慌てで教官室を後にしようとして、カーク大尉に止められた。

「バカ。お前が行って何になるというんだ。ティターンズが独自の調査権と準司法能力を持っていることを知らん訳じゃあるまい。一般士官が何を言っても無駄だぞ。ここは様子を見ろ」

カーク大尉はアーネストをなだめるように言った。

「分かってます。でもヴァンは私の弟みたいなものなんです」

アーネストはカーク大尉の制止を聞かず、別棟の指導室に向かった。士官学校の指導室は軍独特の『指導』を目的に作られたものだ。ティターンズがそこを借りてヴァンを連れていったとすれば、嫌な予感しかしない。

「一体何をしたっていうんだ、ヴァン」

ヴァンがティターンズとどんな関わりがあるのか、一体何が原因なのか、アーネストには想像出来ない。ただこうなる前に相談して欲しかったと苛立たしさを覚えた。

そんな焦る彼の目に廊下を行く濃紺の制服が飛び込んできた。ティターンズの女性用佐官服と分かり、アーネストは立ち止まって思い切って声を掛けた。

「お急ぎのところ失礼します。少しお話しさせていただいてよろしいでしょうか」

「はて。急いでいるのだが」

振り返った女性佐官が予想外に美人だったものだからアーネストはたじろいだ。

「し、失礼します。自分はアーネスト・マクガイア。階級は少尉であります。この学校で教官助手をしています」

「そうか、君が……。私はアルベール少佐だ。マクガイア家の若き当主とは君のことか」

アルベール少佐は目を細めてアーネストを見た。

「私のことをご存じなのですか」

「北米に赴任している軍人でマクガイアの名を知らない者はいないよ。ところで私を呼び止めたのはどうしてかな。まさかお茶でもという訳ではあるまい？」

まさか冗談が返ってくるとは思わず、アーネストは再び少したじろいだ。

「ヴァン・アシリアイノ候補生をどうするつもりですか？」

真摯な眼差しを向けるアーネストにアルベール少佐は軽く答えた。

「別に大したことではない。少し事情を聞くだけだ。貴官が心配するようなことはしないつもりだよ。安心して欲しい」

そして彼女は微笑んで見せた。

「事情、ですか」

「詳しいことは訊くな。話してやれん。君も軍人ならそれくらいは分かるだろう」

「は、はい」

軍人としてそう答えざるを得ないアーネストである。

「すぐ終わる。君は仕事に戻れ」

アーネストは小さく礼をし、きびすを返した。返したくはなかったが、仕方がなかった。

アルベール少佐が早足で立ち去るのが足音で分かった。

無力だ。アーネストは己を嘆いた。何か問題が生じていたのにヴァンに頼られなかったことも、アルベール少佐にあれ以上訊けなかったことも、己の無力が起因していると責めた。

アーネストは教官室に戻り、窓際に座った。窓際からは別棟にある指導室が見える。

「待つしかないだろう」

カーク大尉がアーネストに声を掛けた。

アーネストはただ頷いてそれに応えるだけだった。

気がつくとヴァンは長椅子に横になっていた。体中が痛いし記憶が混乱している。その上、先ほどの男達が両の頬を腫らして扉の両脇に直立不動で立っているのが見えて、更に混乱した。半身を起こすとテーブルに着く女性に気づいた。やはり濃紺の制服だが、男達と形状が異なるので佐官と分かった。

「手当はしたがまだ痛むだろう。非礼は詫びる。だが本件は急務でな。部下の焦りも理解してくれ」

女性らしい穏やかな物言いだった。男達と違って話が分かるのかもと考えたが、ヴァンは痛みを堪えつつ、口を固く閉じた。

女性将校は少々悲しげな表情を浮かべると、ヴァンに椅子に座るよう言った。

指導室の窓にはブラインドが降りていた。陽は落ちているようだ。相当長い間、気を失っていたらしい。渋々ヴァンはテーブルに着き、彼女と向き合った。きつい感じだが綺麗な女性だとヴァンは思った。

「私はアルベール。階級は少佐だ。アシリアイノ候補生。君が記録媒体を持っていることは調べがついている。無事回収させて貰えれば、君がこのまま士官学校に在籍出来るように取り計らおう。もちろん真偽の程に関わらず口外して貰う訳にはいかないが。誤解ないように言っておくが、私自身は反連邦主義者達が捏造したものだと確信しているし、君と接触した男が死亡した件はあくまでも追跡中の事故だ。我々は殺していない。ティターンズは非道な組織ではないよ。地球圏の平和を真に願っている」

アメとムチかとヴァンは気を引き締める。

矢継ぎ早に用件を言うと、アルベール少佐は小さく首を傾げた。

「口が利けないか？　アシリアイノ候補生」

「精鋭のティターンズを相手に黙秘出来るとは思っていません」

アルベール少佐は微笑んだ。

「可愛い声をしているじゃないか」

ヴァンは答えに詰まった。

「あれはどこにある？　君の実家にはなかった。身体検査は気絶している間に済ませた。ここの個室にもロッカーにもない。どこに隠したのか話してくれないか？」

アルベール少佐は笑みを崩さない。

宿舎の自室になかったということは、ダニカが記録媒体を持ち出すことに成功したのだろう。これは良い報せだ。少し余裕を覚え、ヴァンは口を開いた。

「父の知人と会ったことは認めます」

「それだけか？」

ヴァンは言葉を選ぼうと必死になるが、言葉が探せない。

「記録媒体については知らない、と」

アルベール少佐は自分の表情を探っているのだろう。彼女らも確証を持って自分を尋問している訳ではない。だから不用意なことは決して言うまい。ヴァンはそう何度も頭の中で言葉にした。

「話題を変えよう。君はマクガイア少尉に世話になっているんだったね。マクガイア家と言えば北米方面軍では名家だ。彼の妹さんもこの士官学校に在籍しているのだったか」

ヴァンは頷いた。予想してはいたが嫌な話の流れだ。

「今ならまだ彼らに迷惑を掛けずに済む。意味は分かるな？」

顔色を変えまいと思っても表情は凍り付いてしまったのだろう。アルベール少佐は嬉しそうに微笑んだ。ヴァンは歯を食いしばった。典型的な脅し文句に過ぎないと分かっていても抗えない恐怖がある。それでも彼は言葉の暴力に屈しなかった。

『私を信じて』

ダニカの言葉がヴァンの脳内で繰り返される。彼女は手段を講じると言った。ならば今するべきことは彼女を信じて耐えることだけだ。それにここでダニカの名前が出てくるということは裏を返せば彼女が記録媒体を持ち出したことをティターンズが掴んでいないということでもある。

「記録媒体なんて知らない。ダニカとアーネストも関係ない」

はっきりそう言葉にしたからか口の中がまた切れた。ヴァンは血の混じった唾液を床に吐き捨て、アルベール少佐を見た。

アルベール少佐は冷静であろうと努めているようだったが、さすがに顔からは笑みが失われていた。

「君とは徹底的に話し合う必要があるな」

アルベール少佐は部下の二人に命じて、ヴァンに手錠を掛けさせた。

「続きは我々のテリトリーでやることとしよう。話して貰う時間はたっぷりある」

ヴァンは答えなかった。

最悪の場合、殺されてしまうかもしれないというのに不思議に落ち着いていた。二人が巻き込まれるかもしれないと思ったことで逆に覚悟が決まったのだろうか。

ヴァンの中に何か熱いものが生まれ始めていた。


夜の帳が降りた頃、指導室の灯りが消えた。

アーネストは取り調べが終わるまではと教官室で耐えていたが、これ以上は無理だった。教官室を後にして指導室のある棟に向かうが、その途中の昇降口でティターンズの制服を見つけた。アルベール少佐と男が二人。そしてその男達に両腕を掴まれて連行されるヴァンがいた。

「ヴァン！」

アーネストが名前を呼ぶと、ヴァンが弱々しく顔を向けた。ひどく腫れ上がり、あちこちに絆創膏が貼られていた。

「マクガイア少尉。事情は変わったのだ」

アルベール少佐はそう言うと男二人にヴァンを四輪装甲車に連れていくよう命じた。それでもヴァンはアーネストから目を離さない。

ごめん。

アーネストにはヴァンの唇がそう動いたように見えた。

ヴァンは昇降口の外で待つ装甲車に押し込まれ、その場にはアルベール少佐だけが残った。

「説明は、して貰えませんか」

アーネストはようやくそれだけを言葉にした。アルベール少佐は困ったような顔をする。

「そもそも貴官も知っていることだ。覚えがあるのではないか？」

そう答えるとアルベール少佐は装甲車に乗り込んだ。装甲車はライトを点灯させ、静かに砂漠の闇の中に消えていく。その間、アーネストは彼女の答えを頭の中で繰り返した。

「俺にも覚えのあること……?」

すぐには分からず、アーネストは順を追って考えた。

ティターンズはジオンの残党狩りを目的に設立された部隊だ。ヴァンとジオンに関係があったのか。いや、ティターンズの任務はそれだけではない。反地球連邦活動の取り締まりも任務としていた。

ヴァンの父、ビル・アシリアイノは反戦カメラマンで有名な人物だった。ジオンの独立運動が激しさを増した頃、普通ではあり得ないことだがビル達は宇宙から地球に降りてきて、キャリフォルニアに居を構えた。地球から宇宙に移民することは容易くてもその逆は極端に難しい。しかし単に例外が認められた訳がない。ビルはその頃、危険人物とされていたために監視しやすいよう地球連邦政府が住まわせたのだ。アーネストとダニカがヴァンの世話を焼いたのも、最初は父に言われたからだった。引っ越してきてから最初の一年くらいは父の部下がヴァンやビルの話を聞いてきたから、ひどく訝しんだのを覚えている。自分達も監視役だったと気づいたのは相当後のことだ。戦後はビルがピューリッツア賞を受けて人間的に丸くなったこともあり監視を外したようだったが、アルベール少佐が言っていたことが本当だとすればそれしかない。

ヴァンが反地球連邦活動に荷担していたということだ。

「だけど、そんな素振り……俺は……」

こんな長い間騙されていたのか。そうは思いたくはない。思いたくないが現実は異なるというのか。

アーネストは一人、昇降口に立ちつくした。

どれほど時間が経ったのだろう。彼の名を呼ぶ声がしてアーネストは振り返った。

「ここにいても何も始まらないぞ」

カーク大尉だった。アーネストは震える声で言った。

「私は……どうすればいいのでしょうか」

カーク大尉は頷き、答えた。

「簡単なことだ。彼が正しいと信じていれば、それを貫けばいい。だが間違ったことをしているとすれば、正してやればいい。もっともこれは軍隊の考え方ではないがな」

「でも大尉の言葉は、自分にとって救いです」

カーク大尉はアーネストの背中を叩き、歩くよう促した。

「これが最後になる訳でもないだろう」

そうあって欲しい。

アーネストはそう強く願った。

装甲車の兵員輸送室に押し込められてもヴァンの心はぶれなかった。このまま無事に帰ってこられる保証はない。それどころか命すらどうなるか分からない。なのにまだ心のエネルギーが残っている。こんなに力があるなら本当の自分はもっと頑張れたのかもしれないと後悔したが、それは結果論だ。今の自分の強さを彼は喜んで出迎えた。

心残りはアーネストのことだった。最後に会えて良かった。昇降口でそう思ったが、出てきたのは詫びの言葉だった。今まで彼を頼りにし、彼はそれに応えてくれた。今回の自分の行動を彼に裏切りだと思われたくない。もし生きて帰れたのならアーネストに全てを話して、理解して貰いたかった。

今、ヴァンを見張っているのは年かさの男一人だ。アルベール少佐と若い男は前部キャビンにいるのだろう。彼は無言でヴァンをじっと見ていた。相手が一人でも手錠を掛けられてさんざん殴られた後だ。隙が見えても逃げ出せないだろう。ヴァンは身体を少しでも休めることにした。

身動き一つせずにじっとしていると、ヴァンはいつの間にか時間の感覚を忘れていた。こんな状況だというのに寝てしまっていたのかもしれない。身体はそれほど休息を求めていたのだろう。彼の意識が覚醒したのは装甲車が揺れ始めたからだ。士官学校を出てからすぐは整備された道を通っていたが、途中から凹凸を拾うようになった。戦争で荒れた未修復の道路に入ったらしい。

どこに行くのだろう。

男に訊こうか考えたが、ろくなことがないだろうと止めた。

視線に気づいたのか男は顎を上げてヴァンを見た。男の顔の腫れは退いていた。何故彼が殴られたような顔をしていたのかヴァンには見当がつかなかった。男は考えを整理するようにヴァンを見つめた後、肩のガンホルダーに手を伸ばした。

「こんな子どもの口を割るのは簡単なんだがな」

男が手にした拳銃の銃口がヴァンに向いた。

彼にとっては遊びなのだろう。もしかするとこれもアルベール少佐のシナリオなのかもしれないが自分が死んだら記録媒体への手がかりが一つ減る。ブラフだ。簡単にトリガーを引くはずがない。そう冷静に判断出来ても、銃口と自分の生死が直結していることに畏れを抱いた。

「脅しではないぞ。話すなら今の内だ。アルベール少佐はこういう手がお好きではないようなので、先ほどは控えていたがね」

その言葉でどうして男の隊員達が顔を腫らしているのか分かった気がした。

男はトリガーにゆっくり指をかけ、今にも引こうとしていたがヴァンは虚勢を張る。

「知らない」

知っていると言えば間違いなくダニカの身に危険が及ぶ。ここで口を割る訳にはいかない。

ヴァンの答えを聞き、男は眉一つ動かさずにトリガーを引こうとした。

しかしその時、装甲車が急ブレーキを掛けて止まった。男とヴァンはシートから浮かび上がり、内壁に激突する。

「……何が起きた……」

男は呻きながら立ち上がり、ヴァンも衝撃のダメージを堪えながら面を上げた。するとヴァンはすぐ脇に拳銃が転がっていることに気づき、拾い上げた。そして手錠を掛けられた手でヴァンは立ち上がる。男は形勢が逆転したことを悟り、顔色を変えた。

「落ち着け。ここで俺を撃って逃げても意味がないぞ」

ヴァンは無言で男を見た。男はヴァンから目を離さなかった。

『動くな！　動いたら警告なしで撃つぞ』

外からスピーカーを通した男の声がして、助けが来たのかとヴァンは微かに希望を抱いた。

「扉を開けて貰えますか。脅しじゃないって分かりますよね」

男はヴァンの本気を悟ったのだろう。後部ハッチのロックを解除し、ヴァンの様子を覗った。

「助かります」

さんざん暴力を振るわれた相手なのに不思議とそんな言葉が出てきて笑みまで浮かんだ。男は扉から身を退いてヴァンと距離をとったが、彼の表情は訝しそうでありつつも緊張感に欠けていた。

「お前、本当に反地球連邦活動家なのか？」

「いいえ。僕は今でも地球連邦軍の軍人です。ただあなたとは違う物を見てしまった。それだけです」

それが自分の本心なのだろう。そう気づくとヴァンはすっきりした。

男を牽制しながらヴァンは装甲車の外に出る。そして外の様子が分かり、唖然とした。

闇夜の中、砂漠の荒れた道路の中央で白いＭＳが装甲車の行手を阻んでいたのだ。白いＭＳを見上げるとハイザックだと分かった。白いハイザックはベース・ジャバーに乗ったまま、ザク・マシンガン改を手に装甲車を威圧している。後ろを振り返るともう一機のＭＳとベース・ジャバーがあった。そちらはジム・キャノンⅡだ。

『ヴァン・アシリアイノか？』

ハイザックの外部スピーカーが彼の名を呼んだ。

「ヴァン・アシリアイノ！　動くな！」

アルベール少佐が装甲車の窓から拳銃を向けていた。しかしヴァンには彼女に対して感謝の気持ちが生まれていた。おそらくヴァンへの拷問を咎め、部下を殴ったに違いない。単にティターンズの正義を信じているだけなのかもしれないが、ヴァンは嬉しかった。だからヴァンは小さく会釈をしてから白いハイザックに向かって走り出した。

『女！　動くなと言ったはずだ！』

白いハイザックのパイロットがアルベール少佐に気づき、警告した。

「ヴァン！」

ハイザックの方から彼の名を呼ぶ声がした。ヴァンが目を向けるとベース・ジャバーのコクピットハッチが開き、中でダニカが手招きしていた。別れてから数時間しか経っていないのに懐かしい声だった。

結局、アルベール少佐は撃たなかった。

ヴァンは息を切らしてベース・ジャバーまで走り、ダニカの手を借りて操縦室に転がり込む。

助かったなんて信じられなかった。

「遅くなってごめんなさい」

ダニカは半ば無理矢理作ったような笑顔でヴァンを抱擁した。

「そんなことないよ」

優しく腕を回されても全身の打撲に効いた。だがここは我慢だ。

『士官候補生のお嬢ちゃん。そろそろ撤収だ。シートに座れ』

無線機からハイザックのパイロットの声がした。

「了解です」

ダニカは冷静に応えるとヴァンを副操縦席に座らせ、自分も操縦席に着いた。ベースジャバーはMS側でコントロールされており、熱核ジェットエンジンに火が入ると垂直離陸して高度をとった。そして十秒ほど上昇しただけで、砂漠の中にひときわ明るい人工の灯りが見えるようになった。もしかしたら士官学校かもしれないとヴァンは思いを馳せる。

その思いはいつまでも尽きない。

何故こんなことになったのか。
どうしてこういう選択しか出来なかったのか。
これから自分に何が出来るのか。
まだ、何も分からない。
しかしヴァンにも一つだけ分かっていることがあった。
もう何も考えずに生きていくことは許されない。
それだけは間違えたくなかった。

第二話

〝まだ戦争じゃない〟

――宇宙世紀〇〇七九年六月・オーストラリア・シドニー湾上空――

地球連邦空軍所属ヒューイット・ライネス中尉は子どもの頃、第二次世界大戦機が大好きだった。それが高じて戦闘機パイロットになったと言っても過言ではない。彼が航空学校を卒業した頃はまだミノフスキー粒子がなかったから空中管制機とリンクした空中戦闘が進化し続けると思っていたし、ジオン公国が独立戦争を仕掛けてきて、その戦争で航空機が脇役になるとは夢にも思っていなかった。

キャノピーを通して眼下に広がる真っ青な海はつい半年前まで陸地だった。それは後世の歴史家が人類最大の愚行と記すであろう〝コロニー落とし〟の跡である。もっとも愚行と呼ばれるのは地球連邦軍がジオン公国軍を宇宙に追い返し、戦争に勝利した場合だけになる。歴史は戦争の勝者が記すものだ。コロニー落着跡のクレーターには海水が入り込んで海の青さを湛えているが、まるで大昔からそこで波を漂わせていたかのようだった。歴史とはそのようなものでもある。

コロニー落としの後、ジオン公国軍は地球侵攻を開始し、瞬く間に地球の半分を手中にした。特に甚大な被害を受けたオーストラリア方面の地球連邦軍は容易く落ち、今では地球連邦の領土は幾つか分断され、残った一つにタスマニア島があった。ジオン公国軍は毎日のようにタスマニア方面に空爆を行い、ライネス中尉はその迎撃に苦心していた。

しかし今日の任務は少し事情が異なっている。〝ガウ攻撃空母〟出撃の情報を友軍の潜水艦から得て、地球連邦軍制空権の最周縁部、シドニー湾まで進出していたのである。ガウが出るとなるとそれなりに大規模な作戦だ。水際で敵を叩きたいと考えるのは防衛側としては自然な心理だ。オーストラリア大陸上の制空権はジオンの手にある。敵陣に殴り込み、先鋒としてガウを突くのが今日の彼らの役割だった。

ライネス中尉は愛機〝ＴＩＮコッド〟の計器を確認し、現在位置を把握する。そしてヘッド《H》・アップ《U》・ディスプレイ《D》に呼び出した航空図と照らし合わせる。計算上は敵編隊と遭遇する空域に入っていた。

ライネス中尉は無線で部下の二機をコールする。ミノフスキー粒子散布下でもこの至近距離ならば旧日本海軍の無線電話よりはクリアーな会話が可能だ。

「よく聞け。空戦は先に見つけた方が勝つ。真正面から戦おうと思うな。撃ったら逃げる。それだけだ。ドップは足が短いからその内、苦しくなる。〝ド・ダイＹＳ〟はその後で片付ければいい」

『隊長。もうその話はいい加減聞き飽きましたよ』

僚機パイロットの一人が呆れたように言った。

『大丈夫です。私達がしくじったことがありましたか』

別の部下も軽く返答する。

ライネス中尉は彼らにミノフスキー粒子散布下における空戦術を叩き込んである。誘導弾が使えない亜音速域での空戦という状況は朝鮮戦争時のそれに酷似している。他の部隊がどのように戦っているか知らないが、ライネス中尉は実際に徹底した一撃離脱戦法で戦果を挙げ、生き残り、既にエースとなっていた。これは彼の趣味のお陰と言えるだろう。

今日はライネス中尉の小隊以外にもう一小隊、計六機で来ている。そちらの小隊もライネス小隊の戦果の秘密を聞いて同じように一撃離脱戦法を導入し、生き残っていた。頼りになる仲間達だ。

『隊長！　二時方向にガウらしき機影が見えます！』

二時方向に目を凝らすと巨大空中空母の独特なシルエットが薄い雲中に見えた。ライネス中尉はTINコッドを上昇させ、僚機二機も随伴し、高度を得る。

「ガウは相手にするな。ドップが出てきたら叩く。ド・ダイYSは見えないか？」

『まだ発見出来ません』

ガウ攻撃空母が単独でシドニー湾を渡っているはずがない。どこかにド・ダイYSがいるはずだ。しかしライネス中尉達がド・ダイYSを発見する前に、ガウ攻撃空母の両翼に懸架されていたドップが切り離され、加速を始めた。

「こっちは高度で勝っている。格闘戦なんて考えるなよ。一撃離脱だけ頭に入れておけ」

『宇宙人が作った大気圏内戦闘機なんかに負けませんよ』

『攻撃は一回のみ。可能な限り近づいて撃て。後は全力で俺についてこい、でしょう?』

部下達は調子づいているようだ。帰ったら少々気合いを入れなければならない。そう思いつつもライネス中尉の顔には笑みが浮かんでいた。

ライネス中尉のTINコッドはガウ攻撃空母目がけて急降下を始めた。僚機二機もそれに続き、随伴小隊はそのフォローについた。だが事前に無線で伝えたようにガウ攻撃空母への攻撃は見せかけで、空母を守ろうと進路を変えたドップ編隊が真の目標だ。ドップはTINコッドより小回りが利く。格闘戦に持ち込まれたら不利だ。ならばそうならないように攻撃を仕掛ける側から機動を限定してやればいい。

迎撃態勢を組んだドップ編隊に対し、ライネス中尉指揮下のTINコッド小隊は機体をハーフロールさせ、正面やや上方からぶつかる。ドップにしてみれば予想外の機動だろう。TINコッドの主兵装・二五ミリ機関砲の有効射程に入り、HUDの照準器の円環に敵機が映る。だがライネス中尉はまだトリガーを絞らない。一方、ドップはバーニアを用いた姿勢制御でTINコッドを機関砲の射界に収めつつあった。

「行くぞ」

照準器の円環いっぱいにドップが入って初めて、TINコッドの二五ミリ機関砲が火を噴いた。ライネス中尉機と僚機二機が一斉に放った機関砲弾はドップの編隊に降り注ぎ、ドップの一機がキャノピーを撃ち砕かれて失速した。ＴＩＮコッドはそのまま降下してドップの編隊と交差する。ドップはバーニア制御で極小旋回を行うが、それを終える頃にはもうＴＩＮコッドは遥か彼方まで逃げ去っている。

『やりましたよ！』

『私にも命中弾がありました！』

部下達の喜ぶ声が聞こえるが、ライネス中尉は気を引き締める。

「爆撃機の機影を確認していない。まだ喜ぶな！」

ライネス中尉は怒鳴りながら機体を引き起こす。ＴＩＮコッドはシドニー湾すれすれで上昇を始め、頭上にガウの姿を認めた。爆撃機はまだガウの中にいるのか。それともガウそのもので爆撃を行うつもりなのか。ガウ単体での爆撃も例がない訳ではない。どうするか悩んだ時、部下の一人が叫んだ。

『正面！　敵影です！』

ライネス中尉もそれは確認していた。蒼い海の上を滑るようにして複数の人影が浮かんでいる。対比する物がないため『人影』と直感したがそうではない。ＭＳだ。

「ＭＳだと?」

四機のド・ダイＹＳの上にザクⅡが一機ずつ載り、マシンガンやバズーカを構えていた。それぞれブルー系の迷彩を施して海にとけ込ませてあり、発見出来なかったのだ。偶然にもＴＩＮコッドはド・ダイＹＳの背後を衝く形になっていたが、この場合に防御上の優位は発生しない。航空機の火器が射界の外でもその上に載るＭＳは三六〇度を攻撃範囲に出来るからだ。こんなＭＳの運用方法をライネス中尉が知る由もなかった。これはガウ攻撃空母が用意した安全策だったのだろう。その策にはまった自分を責め、悔やんだが遅すぎた。

「全機回避だ！」

ライネス中尉が叫んだその刹那、ザクⅡの火器が一斉に火を噴いた。

――宇宙世紀〇〇八五年一二月・北米・キャリフォルニア――

夜空は冬特有の厚い雲に覆われていた。

戦後の今も北米方面軍はミノフスキー粒子を定期的に散布しているから、レーダーは効かない。これだけ雲が厚ければ追跡は難しいはずだ。

「これから母艦に合流するらしいよ」

ベース・ジャバーの操縦席に座るダニカが言った。

「母艦だって？」

「そう聞いているけど……」

厚い雲を抜けて満天の星の下にベース・ジャバーが躍り出ると、機体の輪郭が闇夜に浮かび上がり、雲に微かな影を落とす。ヴァン達に続いてジム・キャノンⅡとベース・ジャバーが雲の上に出てきた。味方と分かっていてもヴァンの緊張は解けない。ジム・キャノンⅡがマニピュレーターで方向を指し示し、ＭＳ側からのコントロールで進路が変更された。母艦との合流ポイントに誘導しているのだ。

どうしてこんなことになったのだろう。

ヴァンは副操縦席で俯き、考える。口の中の痛み、腫れた唇。呼吸すると痛む胸。それらは尽くリアルなものだ。つい先日まで士官学校で勉強をしていたはずなのに、今は地球連邦軍からすればテロリストであるＭＳ隊と行動を共にしている。

自分の人生、高望みはしていなかったが、今の境遇は最悪に近い。これがダニカを信じた結果だった。もしアーネストに相談出来ていたらどうなっていただろう。けれどそんなことを考えても意味がない。ダニカを信じると決めたのは自分だ。そしてこれからも自分で考えなければならない。そう頭の中で幾度も繰り返すが、答えは出ない。だが隣にはダニカがいてくれる。それが救いだった。

「ダニカも無事でよかった。上手くティターンズから逃げられたんだね」

ヴァンは心からそう思い、自然に笑顔になる。ダニカも笑顔を見せ、頷いた。

「でもどうして君がこんな組織を知っているのか不思議だけど」

「それは追い追い話すよ」

話せば長くなるのだろう。けれどダニカが話すと言ったら必ず話してくれる。だからヴァンはこれ以上、訊かなかった。ダニカは続けた。

「本当はすぐにでも一緒に士官学校から出られればベストだったけど、組織への連絡に時間が掛かって……私のような一士官候補生の話をすぐには信じて貰えなかったというのもあるし。でもティターンズが実際に動いたから信憑性があるってことになって、出動してきたこの人達と合流出来たんだ」

確かにMSを保有するほどの戦力を持った組織だ。中途半端な情報では動けないに違いない。

「でも記録媒体はダニカが持っていったんだろう？　それならもう僕には用はないはずだ。危険を承知で助けにきてくれるなんて考えにくい。どんな人がリーダーなんだろう」

「鋭いね」

ダニカはためらうように小さく声を出した。「彼には彼なりの理由があるみたい」

『あとでゆっくり話してやるよ』

白いハイザックから内線通話が入った。

「助けて下さってありがとうございました」

ヴァンは素直に感謝の言葉が出てきた。

『礼は後でいい。これから忙しくなる。〝ケラウノス〟とコンタクトが出来た』

ケラウノスとは艦名なのだろう。複合レーダーに反応が現れた。ミノフスキー粒子が濃くても近距離であればレーダーは機能する。かなり大型の反応で〝ミデア輸送機〟よりも大きい。

しばらく直進を続けるとキャノピーの右側面に見える雲海からオリーブドラブ色の艦体が浮かび上がった。その姿はまるで海面から浮上する巨大な鯨だ。

『あれが母艦ですって？』

ダニカの言葉には疑問符がついていた。それはヴァンも同じ気持ちだ。士官候補生であれば誰でも知っている艦影だ。

それはジオン公国軍のザンジバル級機動巡洋艦だった。旧ジオン公国軍の艦艇の中で唯一、大気圏への突入能力と重力下の巡航能力を持つ大気圏内外両用艦で、地球上で運用された艦の大多数はジオン公国軍が地上から撤退する時に使用され、宇宙に戻ったはずだ。地上で一年戦争を生き残った艦があるとは考えにくい。だが今、現実にその内の一隻が姿を現した。

「ジオンなのか？」

先行するベース・ジャバーを見てヴァンは呟いた。

よく見るとシルエットが若干異なっており、旧ジオン公国軍のデザインにシャープなラインが加わっている。ザクがハイザックになったようにザンジバル級に連邦系の技術が入ったような、そんな印象を受けた。

暗雲の中、ジム・キャノンⅡはガイドビーコンを使わずにザンジバル級に着艦した。着艦進路を示すガイドビーコンの輝度は高い。そのため厚い雲の中でも夜間では捕捉される危険がある。だからガイドビーコンなしで着艦したのだ。ヴァン達が乗ったベース・ジャバーも白いハイザックからのコントロールだけで着艦した。艦内格納庫には数人のデッキクルーがおり、先に着艦したジム・キャノンⅡをMSベッドへ誘導している最中だった。狭い艦内格納庫ではMSを定位置に固定するだけでも一苦労だ。ヴァン達を構っている余裕はないらしい。ヴァンは冷静に観察し、彼らの中にジオン公国軍の制服が見えないことに安堵した。

「クルーの数が少ないね」

意外そうなダニカの声に、ヴァンは何気なく訊いた。

「ダニカはこの艦がどこの所属かとか知らないの？」

「そこまで確認する余裕はなかったの」

ダニカは珍しく答えに詰まった様子だ。

「僕は責めてないよ」

ヴァンは慎重に言葉を選んだ。

「助けてくれたのは間違いないし、信じるしかないよね」

ダニカの言葉にヴァンは頷いた。

ジム・キャノンⅡの固定作業が終わり、外部マイクがデッキクルーの言葉を拾った。

『次は君達の番だ』

ベース・ジャバーの脇にいる男のものだと思われた。彼は大昔のロックミュージシャンみたいな風貌の持ち主で、軍艦にいそうにないタイプの人間だ。しかし工具類を下げたベルトをしているところを見るとメカマンなのだろう。白いハイザックが降りると外部からベース・ジャバーのハッチが開けられ、そのメカマンが入ってきた。彼はヴァンの手錠に気づくと若いクルーにレーザートーチを持ってこさせ、手錠を焼き切ってくれた。解放されたヴァンは思わず笑みをこぼす。

二人がベース・ジャバーから降りるとハイザックの固定作業は完了しており、パイロットはデッキに降り立っていた。彼は補助杖を手に格納庫の出入り口へ向かっていた。そこにはジム・キャノンⅡのパイロットが待っていて、ヴァンとダニカを見ていた。二人はお互いの目を見た後、白いハイザックのパイロットを追った。

四人はエレベーターに乗り、艦の上層部に向かう。エレベーターの中で四人は無言だったが、お互いを認めると小さく会釈をした。

補助杖をついている男は絵に描いたようなゲルマン系の白人だ。無精ひげを生やし、髪がぼさぼさだったりとラフな性格が透けて見える。三十路だろうか。ヴァンと目が合うと彼は可笑しそうに口元だけで笑んで見せた。ヴァンは驚き、慌てて目線をもう一人のパイロットに向けた。

彼は無精ひげの男よりは若い。アングロサクソン系だろうか。快活そうな目をした男で好感が持てる。

ヴァンの視線に気づくと、男は顔を覗き込んできた。

「ずいぶんやられたなあ」

そして彼は目を細めた。

「まだ自分の足で立っていられるんだ。幸運と思わないとな」

無精ひげの男は大げさに両手を挙げるジェスチュアをした。その拍子に補助杖を落としてしまい、痛そうな顔をしたが、どうにか堪える。若い男が補助杖をとって彼に手渡した。

「無茶するからですよ」

「もう俺はＭＳは無理のようだな。また古傷が出血した」

無精ひげの男が苦い顔をするとエレベーターが開き、ホールから広いスペースに出る。正面の大きな窓、そしてメインスクリーンからすぐにブリッジと分かった。そもそもジオンの艦のはずなのに見覚えがあったのだ。これはサラミス改級のレイアウトそのものだ。幾つかある席の内、埋まっているのは操舵手と通信士らしき二人の席だけ。やはりこの艦は人手不足らしい。無精ひげの男は艦長席に腰を掛けると、ようやく痛みから解放されたとばかりに安堵の息を漏らした。

「隊長、この子達どうします？」

若い男が肩をすくめる。

「隊長ではない。艦長と呼べ。今はお前がこの艦のＭＳ隊の隊長だ」

無精ひげの男は険しい表情をし、言われた方はあきれ顔になった。

「ええ、そうですとも。私が隊長です。パイロットが私一人のMS隊のね」

「僕はヴァン・アシリアイノです」

ヴァンは一礼した。この無精ひげの男がリーダーと知って驚いたが、ヴァンは面には出さなかった。

「俺はフォルカー・メルクス。こいつはルシアン・ベント。俺はこの艦の責任者で、こいつは見ての通りMS乗りだ」

フォルカーはルシアンと呼ばれた男を振り返り、彼もまた頭を下げた。

「あなた方はジオンの残党なのですか？　そうでなければジオンの船なんて……」

ダニカにしてはストレートに訊くものだな、とヴァンは意外に思った。この艦や彼らの素性よりダニカが気になるなんて、と自身でも思わないでもなかったが。

フォルカー艦長は大げさに目を丸くしていたが、ダニカの問いに応じてくれた。

「お前さん達の組織と俺達はスポンサーが同じってだけで直接の関係はなかったからな。聞いてないのも当然だと思う。だが説明するのは面倒だ。お前に頼む」

「ここで私に振ります？」

ルシアンは困った顔だ。

「お前の部下になるんだからさ」

フォルカー艦長の言葉を聞いてもルシアンの表情は変わらない。

ヴァンは、部下になると聞いて軽い焦燥を覚えた。それはもちろん自分とダニカのことだろうし、これから始まるであろう戦争に加わることを意味する。彼にまだそこまでの決心がつくはずがなかった。

そんなヴァンの戸惑いを察したのだろう。ルシアンは表情を引き締めた。

「質問に答えよう。ジオンの残党かと訊かれればイエスでもありノーでもある。確かにこの艦は元ジオンの船で、ザンジバル級機動巡洋艦だ。私達は〝ケラウノス〟と呼んでいる。ソロモンではソーラ・システムの攻撃を受けて出港出来ずに中破。戦後、連邦軍に修理された。連邦系の規格が所々にあるのはそういう理由なんだ。ブリッジなんてサラミス改級のものを移植して使えるようにしたみたいだしね。ミノフスキー・クラフトを使わずに大気圏内を飛行出来てMS運用出来る艦は、地球連邦軍でも興味があったんだろう。修理が終わると地球で評価試験を受けるために下ろされた。その後、試験期間満了で昨年末に寧艦されたことになっているんだけど、紆余曲折を経て我々がそれを譲り受けたのさ。そして今稼働しているMSはスポンサーが用意してくれたこの二機だけ。MS乗りも私と艦長の二人だけだけど。クルーの多くは現在も連邦軍に所属しているかリストラされた元軍人。だからジオンの残党かと訊かれればノー。だけど私達を含めて元ジオンの人間もいるからイエスでもある。しかし元ジオンの人間も大半はゲリラ活動から早々に足を洗って、不法居住者の村でひっそり暮らしていた人間ばかりだ。これでいいかい?」

ルシアン隊長は疲れたように締め、フォルカー艦長が補足した。

「だが見ての通り員数は絶対的に不足している。情けないことに現状では戦闘能力の半分も出せない」

それを聞くとダニカは表情が強張らせ、俯いた。

「どうしてそんな状態で作戦行動を……」

ヴァンの問いにフォルカー艦長が答えた。

「元々、士官学校の中に協力者がいてな。何か利用出来ないかと探りを入れていたんだ。そこにお嬢ちゃんの要請が入った。内部からの手引きがあれば強襲の難易度は下がる。我々が戦力増強を焦っていたのも事実だったから話に乗った。そういうことだ」

俯いていたダニカだったが、思い切ったように面を上げた。

「約束は守ります。元ジオンの人間がいたとは考えず、動揺してしまっただけです」

「ダニカ……」

ヴァンは思わず呟いてしまった。ダニカがMSに乗るのは確定事項らしい。だが何故。武力を行使してまで地球連邦政府と戦おうとするなんて、今までの彼女からは微塵も想像出来ないことだ。ヴァンの知らないところでダニカまで変わろうとしている。これはショックだった。

「正直だな」

フォルカー艦長はルシアン隊長と顔を見合わせ、ダニカの返事に満足げに頷いた。「ルシアン。俺のハイザックをお嬢ちゃんにやる。設定はロープスに直させておいてくれ」

「ハイザックはウチの虎の子ですよ。いいんですか艦長？」

「このお嬢ちゃんのセンスはなかなかのものらしいからな。期待したい」

フォルカー艦長はダニカを見つめた。士官学校に協力者がいると言っていたが、ダニカの成績までケラウノスに流れていたのだろうか。ヴァンは訝しげに思い、表情にそれを少し出してしまった。

「お前はどうする？」

ヴァンの表情に気づいたのか、フォルカー艦長が訊いてきた。

「すぐには決めかねます」

ヴァンは即答した。

「まあそうだろう」

ルシアン隊長が当然か、とでも言うように頷いた。「だけどティターンズの追っ手は必ず来る。現状の私達は絶対的にコマが足りない。けど君にその気がなければ地球連邦軍と戦えるはずがない。それも分かる。でも逃げ切るまでは私達と君は一連託生だ。上手く逃げ切れたら、その後、改めて君自身で道を選べばいい。もっとも逃亡した時点で君は立派な反地球連邦活動家だ。それは分かるよね？」

それはヴァンも分かっていたつもりだったが、改めて第三者から言われると重かった。

おそらく大好きなアーネストにはもう会えないし、それどころか戦場で銃火を交えるかもしれない。

鬱だった。

「まだ少し時間はある。君はまず船医に身体を診て貰え。骨が折れていないといいがな」

フォルカー艦長は傷だらけのヴァンを気遣ったようだ。

「……助かります」

ダニカは心配そうにヴァンを見やった。

答えは出さなければならない。おそらくこの数時間の内にティターンズの追撃が始まるだろう。その時自分に何が出来るのか、ヴァンは心を決めねばならなかった。


アーネストは教官室に残り、独り思い悩んでいた。

ヴァンはティターンズに拘束され、ダニカは行方不明になった。つまり高確率でダニカも一枚噛んでいることになる。マクガイアの名を持つ者が反地球連邦活動に参画していたという事態は父の名誉のためにも避けたい。それに自分のティターンズ入りもなくなる。

無念だった。

何でこんなことになったのか全く分からない。ただ悲しみとやり場のない憤りだけをはっきり感じた。どうしてヴァンは自分を頼ってくれなかったのか。そんなに深い悩みを抱いていたのだろうか。テロリストに与するような子では絶対にない。それに何年間も自分を騙し通せるような子ではない。転機があったとすればそれは家に戻った時だ。それしか考えられない。だが何があったというのだろう。

やはり分からなかった。

日付が変わった頃、アーネストは自室に戻ろうと教官室の明かりを消した。暗鬱な気持ちを抱いたまま渡り廊下を歩いていると中庭にエレカの前照灯の輝きが見え、アーネストは訝しげに目を細めた。こんな時間に誰が来たというのだろう。エレカへと歩み寄ると見覚えのある人物が降りてきて、ヴァンが帰ってきたのかと期待をした。しかし降りてきたのはアルベール少佐一人だけだった。彼女はアーネストを認めると声を掛けた。

「マクガイア少尉。ちょうど良かった。話があるのだが」

初めて会ったときに感じられた女性らしさは失せ、代わりに険しい負の感情が彼女を包んでいることに気づき、アーネストは自分がひどく思い違えていたことに気づいた。

「ヴァンのことですね」

周囲の人影はアーネストとアルベール少佐の物だけだ。彼女は誰に憚《はばか》ることなく言葉を繰りだした。

「ああ。もう貴官に話さなければならない状況にある。端的に言おう。アシリアイノ候補生は我が軍の機密事項を入手した。そして我らの尋問を受けた後、移送の最中にテロリストの支援を受けて脱走した。しかもそのテロリストはMSまで保有している組織だったのだ。その上、貴官の妹君らしき人物が反地球連邦主義者に利用された挙げ句に連れ去られた。我々は総力を挙げて機密を回収し、貴官の妹君を救出しなければならない。この意味は分かるな？　名門マクガイア家の現当主として」

機密事項。当然ティターンズに関わる物だろう。それをどうしてヴァンが入手したのか。少なくとも様子が変だった理由は分かった。そしてヴァンに自分が信用されていなかったということも。いや、ダニカが関わっていたのなら、ヴァンはいつものように引っ張られただけかもしれない。もしそうなら実の妹がこの騒動の端緒という訳だ。

アルベール少佐の言うとおりマクガイア家は北米方面軍では名門と呼ばれている。それは地球連邦軍が編成される遥か以前の合衆国空軍の時代から軍人を輩出し、武勲を立ててきたからであり、中には将官となった者もいる。その歴史をアーネストは誇りに思うし、自分もそれを守る覚悟があった。先代当主の父は一年戦争で没したが、実直で人情家だった彼を今も多くの将校・兵士が慕っている。その名家からテロリストを出したとなれば影響は小さくない。その原因がティターンズにあると分かれば、逆に北米方面軍がティターンズへの反発を強める結果になる可能性もある。それを避けるためにはダニカは被害者である方がティターンズにとって都合が良い。それに加えて自分がダニカの救出に加われば『妹を救出する兄』という図式の美談が出来上がる。そういうことか。

頷きもせず無言を押し通すアーネストに、アルベール少佐が言った。

「現在は我が隊の精鋭が追跡をしている。だが貴官も知ってのとおり我が隊は西海岸に展開していないから駒が足りない。そして君が追跡に加わる理由は十二分にある。ボング准将の推薦書も受け取っている。細かい事務手続きは我が隊の特権があればすぐに終わる。マクガイア少尉、ティターンズに来るんだ」

　想像通りで怖いくらいだ。もっとも彼女の申し出にどんな意図があろうと今の彼に受ける以外の選択肢はない。彼はヴァンの推薦状を書いた。責任を取らねばならない。その上、肉親が捕らわれているというのだから座して待っている方が不自然というものだ。

「もちろんです、アルベール少佐。是非、追撃作戦に参加させて下さい。いえ、私にヴァンを説得させて下さい」

　アルベール少佐は満足げに頷き、アーネストはゆっくり目を伏せた。

　これからどうなるのかまだ見当もつかない。しかし動かなければ何も変わらない。周囲の状況に流されてしまうだけだ。

　ならば少なくとも自分の判断で動こう。

　アーネストはそう、脳裏で小さく言葉にした。

　ライネス大尉はリニアシートのＨＵＤに表示される天気図を慎重に読み解いていた。ベース・ジャバーを自動操縦にして高度を五〇〇〇にセット。テロリストのサブ・フライト・システム《SFS》らしきレーダー反応を追い、彼の機体ジム・クゥエルを含めて三機で向かっている最中だ。レーダー反応は一瞬で消えたが、天候を考慮すれば進路はおおかた予想出来る。

　ミノフスキー粒子の散布下であっても戦後の今では、衛星軌道からの気象情報が定期的にレーザー送信されているので、信頼度の高い天気図が作成されている。出撃前のデータだから二時間が経過しているが、軍の気象予報士の予報と大して変わっていないはずだ。もっともコロニーが二度も落着している地球の天候は今も安定していないため、天気予報というより予測だと地球連邦軍の中では皮肉混じりに言われている。だが、こういう追跡任務の時にはなくてはならないものだ。ライネス大尉は等圧線と風向きから雲の動きを想像し、部下の二機に僅かな進路の変更を伝えると、こう付け加えた。

「ヒンカピー少尉。異状はないか？」

『機影は見えませんねえ。機体も良好です。全天周モニターはいいですわ。いやあ良かった』

　ヒンカピー少尉の脳天気な応答にライネス大尉は表情筋を微かに動かした。

「今は実戦だ。緩んでいるぞ」

『済みませんねえ。新品のリニアシートが嬉しくて嬉しくて』

　ヒンカピー少尉は正直だ。彼の機体を載せたベース・ジャバーを振り返り、ライネス大尉は唇を尖らせ、小さく口笛を吹いた。ヒンカピー少尉の機体は旧ジオン公国軍のザクⅡの特殊任務タイプ、強行偵察型だ。今回、リニアシート化、再武装化等の変更が行われた。ザクⅡは旧世代のＭＳだが、偵察機用の電子機器は高価だ。そのため接収したＭＳを近代化改修するだけの価値がある。もっとも延命処置にも限界があるから、現在はルナツーでハイザックの偵察型を開発しているという話だった。「オビノ少尉も変わりないか」

『はい！　機体は好調です』

オビノ少尉機を載せたベース・ジャバーはライネス大尉機より先行している。全天周モニターに映るオビノ少尉のジム・クゥエルを見て、ライネス大尉は満足げに頷いた。

〇〇八五年現在、ティターンズはジム・カスタムをベースにしたジム・クゥエルを主力機としている。ハイザックは整備性・操作性において優秀な機体だが、先行量産機の配備から一年経った今もビーム兵器の稼働に難を抱えている。そのため現場では実績のあるジム・クゥエルを好む傾向にあった。逐次ハイザックに機種転換中ではあるが、ライネス大尉の隊は転換よりもジム・クゥエルの近代化改修を申請し、完了した矢先だった。その上、ジオン残党の掃討任務中に全滅した分遣隊の代わりとして、先月グリプスから北米に降りてきたばかりである。部下達はまだ有重力下戦闘に慣れていないし、初実戦とあってライネス大尉は不安をぬぐえなかった。

彼は光回線で送られてきた感情的とも言えるアルベール少佐の指令を思い出す。

『我が隊の機密事項を回収せよ。方法は問わない！』

そして若干の状況説明が行われただけで、緊急出動となった。それだけでも変だが、方法は問わないとまで言うのに北米方面軍への協力要請はなかった。普通では考えにくいことだ。

何か裏があるのだろう、とライネス大尉は考える。だが彼にとってそこのところはどうでもいい。権力争いに興味はない。彼が欲するのはＭＳパイロットとして、一人の人間として生き残る力だ。そしてその力を得る術を次の世代に伝えたいと願う。今の課題はヒンカピー少尉とオビノ少尉を一人前のＭＳ乗りにすることだ。今回は二人にとって初めての実戦となる。厳しく鍛えねば成長はない。だが必ず生き延びさせてやらねばならない。難しいが、やるのだ。シドニー湾の戦いのような惨めで悲しい思いを二度としたくない。

情報によれば敵機は二機。味方機の内、一機は偵察型だから戦力比は五分だ。しかしこちらは初実戦のパイロットが二人。高度な連携戦術は出来ない。上手く接触出来たとしてどうしたものか。

ヒンカピー少尉から無線が入り、ライネス大尉の思案は中断させられた。

『赤外線反応がありました。距離一八〇〇〇、高度二〇〇〇。熱核ジェット複数。ベース・ジャバーではありません。大きいです。ミデア……いやガウ級、それ以上かもしれませんわ』

「早急にアクティブ系のセンサーを切れ。逆探される可能性がある」

『もう切っています。光学系のセンサーだけで追尾モードに入れました。予測進路を送ります』

ヒンカピー少尉は上機嫌だ。ライネス大尉は彼の偵察員としての腕前に感心する。数秒後、強行偵察型ザクⅡからのデータが短距離赤外線通信で送られてきた。その処理が終わってＨＵＤに進路と目標候補の文字データが表示されると、ライネス大尉は訝しげに声を上げた。

『ジオンの残党がまだそんなものを持っていたのでしょうか？　俄《にわか》には信じられませんね』

「ザンジバル級だと？」

　オビノ少尉も同じ思いを抱いたようだ。ティターンズに選抜されるだけのことはある。終戦から五年が経過しようとしている。機動巡洋艦ほども巨大な兵器を地球連邦軍から隠匿出来るだろうか。仮に宇宙から降下してきたとしても、その大きさから監視網から逃れることは出来ない。だがコンピューターはザンジバル級が存在すると告げている。これは不可解だった。

『ここは民間機の航路ではありませんし、そもそも該当するような大型機は就航していませんからねえ。少なくとも友軍の艦は今夜の登録データにないです。となるとヤバくないですか？　大尉』

　ヒンカピー少尉に言われるまでもない。自分が予想したテロリスト達の進路と一致するだけでなく、データを読めばＭＳ運用母艦としての大きさが窺える。つまり敵の母艦の可能性が極めて高い。ザンジバル級だとするとＭＳ三機では手に余るが、一度だけなら不意打ちも掛けられよう。不安はあるが応援を求められない以上、これが最善の策となる。相手が機動巡洋艦ともなれば、攻撃の成否にかかわらずアルベール少佐の顔も立つに違いない。

「これから高度を七〇〇〇まで上げ、急降下攻撃を仕掛ける。オビノ少尉はベース・ジャバー側の照準とトリガーを自機のビーム・ライフルに同調。自分の合図の後、撃って撃って撃ちまくれ。ヒンカピー少尉は最後尾で援護しろ。接敵後は全速離脱。覚悟はいいな」

『敵艦確定ですかー！』

ヒンカピー少尉の情けない声が聞こえてくるが、ライネス大尉は穏やかに答える。

「友軍の艦かどうかは自分が目視距離で判断する。もし友軍だったとしてもこんなところを飛行計画なしに飛んでいるのが悪い。万一の時は自分が責任は取る。軍法会議に掛けられた時のためにこの通信記録は残しておけよ。あくまで上官の命令だからな」

ライネス大尉はベース・ジャバーを上昇させ、残る二機も追随する。高度七〇〇〇から三〇〇〇付近は晴れ渡っているが、その下に厚い雲が立ちこめて地上は全く見えない。隠れるにはいい気象条件だ。

上昇の最中、オビノ少尉から無線が入った。

『さっきの話ですが、縁起でもないことです。私は大尉の判断を信じます』

若い士官の覚悟が伝わってきた。

『言っておきますがね、大尉。初めての実戦だからってビビるような奴なんてティターンズにはいないんですよ。大尉はただ命令して下さればいいんですわ』

『ヒンカピーの言う通りです』

若者二人の言葉に勇気づけられたライネス大尉だった。

「分かった。無理はするなよ」

そう言うとライネス大尉はベース・ジャバーに懸架していたメガ砲を装備する。ジム系でも使えるようにエネルギーCAP方式が用いられているが、ビーム・ライフルよりも砲撃間隔が長いため、基本的には対艦戦闘用装備だ。出力を最大、攻撃モードを対艦戦闘に変更すると不明艦の直上に達した。

「行くぞ。五〇〇〇メートルダイブだ！」

ライネス大尉は大きく息を吸い込むとサイドの操縦桿を動かし、機体を垂直降下に入らせた。


ヴァンは戦時治療室のベッドの上でうとうとしていた。船医の診察を受けてレントゲンを撮った後、ベッドに横になっただけだったが、また眠ってしまったのだ。

目を開けるとダニカの顔があった。彼女は安心したように小さく息を吐き、起きようとしたヴァンの額を人差し指で押した。

「船医さんは骨は大丈夫だって言っていた。良かったね。もう少し寝ていなよ」

ベッドのシーツは糊が利いていてひんやりと気持ちがいい。何よりヴァン自身が寝ていたかった。

「それは良かった。だけどダニカ。どうしてMSに乗ることにしたんだい？　確かにあのデータが真実ならティターンズは許せないことをした。だけど僕らがティターンズと戦う理由にはまだならない。武力行使以外に出来ることだってあるはずだ」

ヴァンが訊くとダニカは困ったような顔をしただけだった。

「理由はね、あるんだ」

ぽつりとそれだけ言った。

ヴァンの父、ビルは戦場カメラマンだった。反戦的な内容の作品を多く発表し、多くの敵を作っていたことも知っている。彼が反戦的な作品を撮り始めたのは母が戦死したからだとヴァンは思っている。

ヴァンの母は地球連邦軍の軍人で一年戦争より前の地域紛争で戦死した。それからビルは戦争を単なる報道の対象としてだけでなく、自らの思想を写し込むようになった。ヴァンはそれを彼なりの戦いだったと思っている。では自分はどう戦うのかと言われればＭＳに乗ることしか能がないのも確かだ。

「僕はどうすればいいと思う?」

ヴァンは心のままを言葉にした。ダニカはそれを聞くと少し情けなさそうな顔をして、子どもを諭すように言った。

「君は君のままで現実から逃げなければ、それでいいと思うよ」

やはりダニカの方が大人だった。

現実としてこのＭＳ隊に加わる以外、生きていく術はないのかもしれない。

ヴァンがそう思ったその時、艦内に警報が鳴り響いた。

『急接近するＭＳ隊あり!　総員緊急回避及び衝撃に備え!』

スピーカーから怒声が響き渡るなり、ダニカがヴァンに覆い被さった。

その直後、エアポケットに入ったかのように艦内が大きく揺れて照明が非常灯に切り替わった。複数の砲撃音と破裂音、そして何かが衝突したような衝突音が二人を貫く。ベッドは床に固定されていたから二人とも無事だったが、室内は一瞬にしてひどい有様になった。艦も水平を取り戻せず、やや下降気味だ。損傷が飛行能力に影響しているのだろう。警報は消えず、続けて今度はフォルカー艦長のアナウンスが入った。

『各部署、状況をブリッジまで報せよ！　被弾ブロックの消火作業急げ！』

ダニカが慌てて戦時治療室から飛び出して行き、ヴァンは独りになった。

ヴァンはベッドから離れ、窓の外を見た。初めは暗闇だけしか見えなかったが、しばらく眺めているとMSを載せたベース・ジャバーが二機出てきたのが見えた。

『対空砲座気合い入れてくれ。ハイザックは新人さんだからな。絶対に味方撃ちはするな』

再びフォルカー艦長のアナウンスが艦内に響き渡ると、艦の側面から対空砲座がせり出してきた。この艦のMSパイロットはフォルカー艦長とルシアン隊長の二人だけで、艦長はダニカにハイザックを与えると言っていた。そして今のフォルカー艦長のアナウンスを聞いた限り考えられるのは一つ。

「ダニカが出たんだ」

ヴァンは揺さぶられる心のままにブリッジへと駆け出した。彼にとって右も左も分からない艦である。迷いながらもどうにかブリッジに辿り着き、息を整える。先ほどは人がまばらだったが、戦闘態勢の今は席が埋まり、艦長席にフォルカー艦長が陣取っていた。彼は内線電話で慌ただしく各部署に指示を出していたが、しばらくすると受話器を置き、面を上げた。

「彼女ならハイザックで出撃したぞ」

ヴァンの顔に疑問符でも書いてあったのだろう。そう即座に答えてくれた。

「どうして止めてくれなかったんです？　幾ら彼女がMSに乗るのを決めたからって、いきなり実戦なんて早すぎます！」

ヴァンは激高したが、フォルカー艦長は当然だと言わんばかりの口調で答えた。

「彼女が望んだからだ。この艦を危険に晒したのは自分の責任だとな」

「それは……違う」

「そうだな。俺もそう言った。全ては艦長である俺の責任だ。ルシアンもこんな悪天候に新人を出しても意味がないと言った。それでも彼女は行った。責任感だけで人は戦えないものだ。分かるか？」

『こちらハイザック、ケラウノス、聞こえますか？』

ダニカの声がブリッジ全体に響き渡った。オペレーターが穏やかな口調で応え、先行中のルシアン隊長が駆るジム・キャノンⅡの進路を指示した。ダニカが実戦に挑んでいるかと思うとヴァンは平常心ではいられない。それは彼女の意思なのだろう。しかし彼女をそれほどまでに戦いに赴かせる理由とは何だろう。ヴァンには見当も付かなかった。無事を祈るしかなかった。

ヴァンの不安を読んだかのようにフォルカー艦長は続けた。

「大丈夫だ。ルシアンと彼女はこの艦とティターンズを引き離すために出ただけだ。この厚い雲だぞ。すぐに撒ける。そうそう戦闘にはならん」

「囮、ですか」

「このままでは高度を維持出来ない。さっきの被弾で推力がガタ落ちでな。応急処置をするにもエンジンを停めなければならん。航空機は離着陸の時が一番脆い。話は後だ。ルシアン！　ヘマするなよ！」

フォルカー艦長は無線越しに怒鳴りつけ、ルシアン隊長は穏やかに返してきた。

『こんな程度でヘマしてたら、あなたも私も今、ここにいませんよ』

そして無線越しに二人は笑い合った。この艦は今、不時着寸前の危機にある。ミノフスキークラフトを装備したペガサス級と違い、ザンジバル級の離着陸には広大な滑走路が必要になる。当然、地球連邦軍の基地には着陸出来ない。どこかに不時着して修理をしたとしても飛び立てないのだ。なのにこの余裕だ。ヴァンも不思議とつられそうになる。フォルカー艦長が面白そうにヴァンを見た。

「そういうことだ。どうにかなる」

ヴァンは拳を堅く握り、唇を閉じた。

ライネス大尉の心臓はまだ激しく踊っていた。彼が対艦行動をしたのは実に一年戦争以来だ。急降下速度を活かした一撃離脱戦法は敵に先んじて攻撃出来る利点があるものの、その時間は数秒しかない。

その短い間で敵艦を識別し、有効射程距離を見極め、メガ粒子を叩き込むのだ。

幸いなことに今回は厚い雲が切れてくれた。そのお陰でまだ距離がある内にザンジバル級の特徴的な艦影を確認し、攻撃を続行した。そして相対速度を小さくするため艦の後部から接近、降下し、メガ砲を二発見舞った。新人二人の出来も上々だ。彼の指示を無事にこなし、攻撃を敢行した。

三機はザンジバル級とすれ違った後もそのまま降下を続け、対空砲火から逃れた。全天周モニターの後面、厚い雲の中に炎の明かりが滲んでいる。機体を引き起こすGの中、随伴二機の姿を確認し、ライネス大尉は声を上げた。

「各機無事か?」

『はい!　一発命中させたと思います。左エンジンです!』

得意げなオビノ少尉の声にライネス大尉は笑みを浮かべる。

「まだだ。浮かれるなよ」

『もちろんです』

『こっちは命中弾なしです』

沈んだヒンカピー少尉の声にライネス大尉は明るい声を作る。

「お前のは牽制に役立った。偵察型なんだからそれで十分だ」

『ハイ!』

ヒンカピー少尉は元気な声を返してきた。

「ところでザンジバル級は見失ってないよな。お前の仕事はそっちがメインだぞ」

『ばっちりです。被弾損傷で火災が発生したみたいで、そいつを掴んでます』

そして引き起こしが終わってベース・ジャバーが水平になった頃、三機は厚く立ちこめていた雲の中から抜け出した。地上が全天周モニターの下部一面に広がり、リニアシートに座って宙に浮いているような感覚を味わう。星の光がなくても灯台と海岸線が視認出来る。地図情報による現在位置の補足がHUDに映し出された。いつの間にか海上に出ていたようだ。

『敵さん、出てきたみたいです。二機です』

ヒンカピー少尉が注意を促した。

「先月やられた奴の話だと白いハイザックの方は手練れらしい。気をつけろよ」

『了解です。こちらはどう動きます?』

オビノ少尉の士気が感じられる返答だった。

「こっちの高度が低い今、正面から当たったら不利だ。速度が乗っている今の内に上昇する。射程に入ったらメガ砲で牽制しつつ距離をとる。だがヒンカピー少尉、ザンジバル級を見失うなよ」

『分かってますって』

調子の良いヒンカピー少尉の返答にライネス大尉は苦笑する。ベース・ジャバーは上昇を始め、テロリストが使用する二機との距離を詰めようと再び雲中に突入する。ミノフスキー粒子散布下でも距離が近ければレーダーが使用可能になる。敵機がアクティブレーダーを使用しているため、偵察型ではないジム・クゥエルですらその存在を掴むことが出来た。

「囮だな」

ライネス大尉は即座に断じ、改めてヒンカピー少尉に注意を促した。HUDに表示されるレーダーを全天周モニターに移し、代わりにヒンカピー少尉から送られてくるデータを見る。敵艦は徐々に高度を下げて今ではもうかなりの低空を飛んでいた。ザンジバル級はリフティングボディで大気圏内を飛行しているが、低速度域では失速しやすい。おそらくエンジンに被弾し、飛行に必要なだけの推力が出せないのだろう。

そして分かったことがある。テロリストのMSも間違いなくこちらを捕捉している。ベース・ジャバーが搭載しているメガ砲の有効射程ギリギリでうろうろしていた。武器は同じ。向こうも射程は分かっている。メガ砲で牽制しようにもこれでは埒があかない。MSが囮なら、こちらから出なければ相手の思う壺だ。少なくとも今は同高度。条件は五分。

「仕掛ける。オビノ少尉！　自分についてこい。少しだけ押す。相手が乗ってきたら一端退いて挟む。二機の中に入るのは当機だ。タイミングは読め」

『分かりました』

彼にこの課題をこなせるだろうか、とライネス大尉は心配になるが任務との兼ね合いもある。彼もティターンズだ。この実戦経験が彼のモノとなることを信じるしかない。

『大尉！　ザンジバル級から引き離されています。あいつら上手いっすよ』

ヒンカピー少尉のノースダコダ訛りが聞こえてきた。彼は慌てると訛りがひどくなる。

「感心している場合か」

『オイラはどうすればいいんすか』

「編隊を解いた後、上へ行け。機会があれば援護をくれるだけでいい」

『そんなの分かりませんってば』

「では見ているんだな。行くぞ、オビノ少尉」

『はい！』

ライネス大尉が敵機のエリアに進入すると数拍遅れてオビノ機がついてくる。ヒンカピー機は上昇を始める。ライネス大尉がベース・ジャバーのメガ砲で牽制し、オビノ少尉もそれに続く。敵の編隊は退くかと思いきや、接近して同じようにメガ砲で応戦してきた。そしてベース・ジャバー上の白いハイザックとジム・キャノンⅡの機影が確認出来る距離になると実体弾を撃ってきた。実体弾はベース・ジャバーの正面で分裂し、激しい炎を空にまき散らす。もう一機が照明弾を放ち、闇夜が照らし出されてモニターが白く染まった。

「やられたか」

回避しながらライネス大尉は敵のベース・ジャバーの後方に回り込むように降下。オビノ機もどうにかついてきて上方に向けてビーム・ライフルを放つが、二機は厚い雲間に消えていった。

「オビノ少尉。もういい。今回は負けだ。ヒンカピー少尉、見失っただろう？」

『済みません。光学系が一瞬死にましたわ。連中、アクティブレーダー付きのダミーまで射出してきましたよ。これがプロなんすねえ』

素直に感心するヒンカピー少尉の声に、こいつは大物になるとライネス大尉は呆れた。

『これで一勝一敗です。それにザンジバル級は高度が下がっていたし、そう遠くまで飛べたとは思えません。あとは虱潰しにしてリターンマッチです』

オビノ少尉も優秀だ。

「正解だ。だがそれも自分らだけでは難しそうだな」

マップ情報によるとこの海岸線にはコロニーの残骸が多数放置されているらしい。中にはザンジバル級が隠れられるような巨大なものも存在するようだ。北米方面軍の応援があれば今夜中にでも見つかるだろうがないものをねだっても仕方がない。自分達の可能な範囲で全力を尽くすのだ。

「近場のヘリポートに降りて一息入れる。夜明け前に捜索再開だ」

どうやら長い任務になりそうだとライネス大尉は根比べする覚悟を決めた。

　ケラウノスは派手な水しぶきを上げて太平洋に着水した。上空のナパーム弾の炎と照明弾の輝きは既に消えている。闇が支配する夜の海上をケラウノスは静かに滑り、予め用意していたシェルターへと向かう。シェルターはコロニーの残骸の中でも特に巨大な破片を利用したもので、差し渡し数百メートルはある。これだけ巨大な破片ともなると処理に数年を要するがまだ手つかずなのが現状だ。

　ヴァンはザンジバル級は海上航行が出来たのかと目を丸くしていたが、フォルカー艦長が言う。

「降下作戦用に作られたジオンの艦だぞ。橋頭堡を築く前に運用出来るようにせにゃならん。なら着水させるのが一番手っ取り早い」

「それは、そうですが」

「ここは連邦軍のお膝元だ。そこでこれだけでかいのを使うなら、それ相応の用意はしてある。必要になった時のために用意した隠れ場所だ。それなら今、使うさ」

　フォルカー艦長は急に真剣な表情を浮かべた。

「そうだ。どうして俺がこの任務を受けたか教えてやろう」

「30バンチ事件のデータが必要だからじゃないんですか」

　ヴァンは何の疑問もなくそう答えたが、フォルカー艦長は首を横に振った。

「俺達はスポンサーの都合だけで動けるほど戦力が充実している艦じゃない。時期尚早だと反対する意見もあった。だが俺はティターンズに抗おうとする士官候補生がいると聞いて興味を覚えた。それもまだ子どもも同然。一回生というじゃないか」

「ダニカのことですね」

フォルカー艦長は首を横に振った。

「確かに彼女はそうだ。でも俺はお前もそう言われるに足る資格を持っていると思う」

「いいえ。そこまで考えていません」

「では考えてくれ」

フォルカー艦長は話の途中でおもむろに立ち上がり、操舵手に指示を出した。

ケラウノスはコロニー外壁の下に進み、浮きドックに収まった。艦の各所から光が投げられ、応急修理が始まる。フォルカー艦長は慌ただしく内線電話で指示を出し、ヴァンはブリッジを後にした。

少ししてベース・ジャバー二機がシェルター内に進入してきて、ケラウノス艦内に収容された。ヴァンは白いハイザックの固定作業を見守り、ダニカの帰りを待った。ダニカはコクピットから昇降ワイヤーで降り、ヴァンを見つけると駆け寄ってきた。

「無事で良かった」

ヴァンは五体満足な彼女を見て安堵した。

「私はルシアン隊長の指示に従っただけ。さすが歴戦のパイロットという感じ。ティターンズの編隊を前にしても動じないしね」

ダニカはハイザックの隣に固定されたジム・キャノンⅡを見上げた。

「そうなんだ」

「まだこれからだよ。ティターンズを撤けた訳じゃないんだから」

「お嬢ちゃんの言うとおりだ。少しでも休んでおいてくれよ」

ルシアン隊長がジム・キャノンⅡから降りてきて言った。

ダニカはヴァンに小さく手を振り、ルシアン隊長と休憩室へ歩いていく。ヴァンは格納庫に残されて一人立ちつくしたが、声を掛ける男がいた。

「暇なら手伝ってくれ。人手が足りないんだ」

先ほどのロックミュージシャンのような格好をしたメカマンだった。確かにヴァンの仕事はない。戦うことに躊躇はするが、世話になったのも事実だ。ヴァンが付いていくとメカマンはMSベッドの前で立ち止まった。そこに固定されているのはハイザックでもジム・キャノンⅡでもない。ジムタイプだ。おそらくジム改だろう。

「被弾した外壁を修理する。足場を組んでいる時間はないからMSで足場を持って欲しいんさ。ここの海は結構深度があるからベース・ジャバーに乗っての作業になる。波を読んで足場を揺らさないように頼むよ。深度があるだけにしんどいかもしれんけど」

寒いジョークにヴァンは固まった。

「滑ったか。場を和まそうと思ったんだけどさ。オレはロープス・アキヤマ。機動兵器のメカチーフをしている。船関係は門外漢だが人手が足りないからな。手伝いもするさ」

どうやらいい人らしい。ヴァンは見た目とのギャップに小さく吹いた。

「おお！　受けた！　受けたぞ！」

ロープスはジョークが受けたと勘違いし、ガッツポーズを決めた。

「急いでいるんでしょう？　このジムに乗ればいいんですね」

「ああ。組んだばかりの予備機だから気をつけてな。どっか組み間違えているかもしれん」

「え、真面目な話ですか」

「冗談だ。こちとらプロだよ。武装関係は手つかずだけど、機体オペレーションは完璧さ」

そうでないと困る。ＭＳほど巨大な兵器ともなると転ぶだけで自機と周囲が大被害を被ってしまう。

「信じますからね」

ヴァンは昇降ワイヤーを使ってコクピットハッチに上り、シートベルトを締めた。予備機というだけあってリニアシートは真っさらの新品だ。しかしシステムを起動させて機体構成を確認してみると、ベースはジム改だが、いろいろなパーツの寄せ集めだった。中には一年戦争当時のパーツも使われている。

ケラウノスの懐具合はそれなりに寒いらしい。

ベース・ジャバーで艦の外に出ると、素人のヴァンでも機関部の損傷がさほどでもないことが分かった。これなら数時間で修理出来そうだ。

『寝ている時間はないぞ』

外部マイクを通してジム改の足下にいるロープスの声が聞こえた。

「幸いよく寝たんで」

『じゃあコキ使うぞ』

ロープスは笑い、ヴァンは複雑な気持ちで彼が乗る足場を持ち上げた。

その後、人が入れ替わり立ち替わりやってきて、艦体の修理完了まで四時間を要した。同時に機関部の応急修理も進み、ある程度の推力が回復した。しかし代わりに貴重な時間が失われた。冬の時期だからまだ良いが、それでもあと二時間ほどで空が白み始める。撤収作業を開始してシェルターを出るまでティターンズに発見されずに済むかどうかは運次第だった。

仮眠を済ませたダニカとルシアン隊長が格納庫に現れ、ジム改をＭＳベッドに固定したヴァンと鉢合わせた。しかしダニカと話をする時間の余裕はなかった。彼女が戦うと決めたその理由を聞きたかったが、ダニカはハイザックの再調整作業を始めていた。ロープスもそれに駆り出され、ヴァンの手が空いた。格納庫内は機器の固定作業が始まり、次第に出発準備が整いつつあった。ヴァンは自分の居場所をなくし、格納庫の隅に座り込むと三機のＭＳを眺め、俯いた。

三十分ほど後、ＭＳ二機が出撃していった。ケラウノスがシェルターから出る時が一番無防備で危険だから予め外で警戒するのだ。

ダニカはまたＭＳに乗っているのだろう。

そう思うとヴァンはいたたまれなくなり、ブリッジへのエレベーターに乗った。

熱核ジェット搭載のベース・ジャバーは長大な航続能力を持っているが、乗り手の人間には生理的限界がある。テロリストと一戦交えた後、ライネス大尉が率いるＭＳ隊は西海岸沿いの沿岸警備隊へリポートで休憩を入れた。

沿岸警備隊の当直職員達はＭＳとベース・ジャバーが降りてきたことに大変驚いていたが、テロリストを追っている最中だと説明すると通信所に迎え入れてくれた。警備隊の本部も黙認してくれたようでライネス大尉は胸をなで下ろした。一般市民がティターンズに抱くイメージは『精鋭の特務部隊』というヒーロー像だ。沿岸警備隊の当直職員はトイレを終えたライネス大尉達に熱いコーヒーを振る舞い、あれこれ尋ねずに『寒い中、大変ですね』と労ってくれた。最新の海図をプリントアウトして貰った後、ライネス大尉は当直の職員達から沿岸域の状況を聞いた。そして海図に情報を書き込み、ザンジバル級が隠れられそうなコロニーの残骸に見当をつける。

ヒンカピー少尉とオビノ少尉はパイプ椅子に座り、半脱ぎのノーマルスーツ姿で仮眠をとっている。

実際に入眠しなくても瞼を閉じているだけで疲れは違う。ライネス大尉は寝相の悪い子どもを見るような眼差しをした後、通信所を後にした。

外に出ると風が強く、ヘリポート下に広がる夜の海は荒れていた。普通の服ならば凍えるほどだが今はノーマルスーツ着用である。寒くはないが、ただ、すぐに頬が痛くなるほど冷たくなった。

この程度の波ではザンジバル級はびくともしない。向こうの修理の支障になるかもと思ったが甘いようだ。エンジンの冷却と緊急修理には少なく見積もって四、五時間。夜明け前には動き出せる計算になる。それでは敵の思う壺だ。見知らぬ夜の海を捜索するのに、目は多ければ多いほどいい。北米方面軍の協力が得られれば時を浪費することもないのだが、と苛立った。

ライネス大尉は通信所に戻ると電話を借り、アルベール少佐に中間報告を済ませ、増援の要請をした。アルベール少佐からは北米方面軍の協力を仰ぐのは無理だが、ＭＳ一機ならば善処出来る旨の答えが返ってきた。ライネス大尉は一機でもいいと応じ、電話を切った。

しかし一時間が経過しても増援の連絡は来なかった。ライネス大尉は増援との合流を諦め、ヘリポートを後にした。ザンジバル級がコロニーの残骸に隠れていたら発見出来る可能性は低い。修理中ならエンジンを切っているし、厚いコロニー外壁で赤外線探査も無駄だ。しかし動き出す直前は別だ。エンジンに再び火を入れ、護衛のＭＳを出すに違いない。捕捉するならそのタイミングだが、天候はザンジバル級の味方をしていた。厚い雲は海上まで降りて濃い霧になっている。最新の海図を使って現在位置を把握しながらでなければ、コロニーの残骸と衝突する可能性があるほど濃い。

ライネス大尉は強行偵察型ザクⅡに乗るヒンカピー少尉に何一つ見落とさないよう厳命し、自身もレーダーと海図に目を凝らした。海抜二百メートルほどの高度を低速度で捜索するが、最初の一時間は何も発見出来ずに過ぎた。次の一時間も同じように霧と波だけを見つめた。

『ミノフスキー粒子が濃すぎます。北米方面軍はどうしてこんなに散布しているんですかね』

雑音混じりのヒンカピー少尉の声が無線を通して聞こえた。夜間、しかも海上の捜索にうんざりしている様子だが、それはライネス大尉も同じだ。しかし指揮官としてその感情を部下に知られる訳にはいかない。

「ゲリラ共の誘導兵器が怖いからだ。戦前の旧式誘導兵器でもミノフスキー粒子を散布しておかなかったら、十分ＭＳの脅威になりうる、と自分は思っているが。その方が良かったか？」

『言ってみたかっただけです～』

ヒンカピー少尉の嘆きにオビノ少尉も反応した。

『ただ疲れは感じますね。先ほど少し休めて良かった』

「情報収集と合わせて一石二鳥だったな。もう少し頑張ろう」

ライネス大尉はそう二人を励まし、捜索を続行する。

ここまで探しても見つからないのは、もうこの海域から離脱したからかもしれない。そういう思いがライネス大尉の脳裏を過ぎった。着水したのがブラフだった可能性もある。被弾箇所の修理をせず、エンジンを騙し騙し使って自分達が沿岸警備隊の基地にいる間に離水したのだ。そうだとするともうここを探し回っても意味がない。一度、北米方面軍の基地に戻って目撃情報を当たる必要がある。

そうしている内に時間が過ぎ、夜明けの二十分前になり、東の空がだんだん白み始めた。

仮にまだザンジバル級がこの海域にいるとして、このタイミングを逃して明るくなってから離水すれば、漁船や沿岸警備艇などから多くの人間に目撃されることになる。それは自分達を撒く大きなチャンスを失うことを意味する。ライネス大尉がザンジバル級の艦長なら、今を逃すはずがなかった。

「夜が明け切ったら、一度、軍の基地に戻る。それまでは集中しろ。今が堪えどころだ！」

オビノ少尉とヒンカピー少尉に檄を飛ばした。

彼らからはしっかり、はい、という返答だけが戻ってきた。

ライネス大尉が檄を飛ばした数分の後、ヒンカピー少尉が何かを掴んだ。

『赤外線反応です。でけえ。さっきのザンジバル級に違いないですわ！』

「落ち着け。方向を報せろ」

ヒンカピー少尉は興奮していた。ライネス大尉もその報告を聞いて眠気が吹き飛んだが、あくまでも平静を装った。

『済みません！　二時方向、距離一七〇〇〇です。ベース・ジャバーらしき熱源も出たっす！』

「当然だろう。急ぐぞ。ザンジバル級の出鼻を押さえる」

強行偵察型ザクⅡからデータが送られてくる。ヒンカピー少尉の報告通りだ。これでこの濃い霧が自分達と敵とどちらに味方するのか分からなくなった。だが強襲を掛ける側に有利に働くのは確かだ。一撃離脱うんぬん言っている余裕はない。

ライネス大尉機を先頭にオビノ機、ヒンカピー機と続く。全天周モニターの前面にマーカーが現れ、ジム・クゥエルのセンサーでも敵機を捕捉した。向こうの先頭を切るのはあの白いハイザックだろう。あいにく濃霧に遮られて可視光線域では何も確認出来ない。赤外線反応とレーダー反射の結果から得られるマーカーが全てで、そのマーカーも『Ｕｎｋｎｏｗｎ』表示のままだ。だが白いハイザックの手強さは先月全滅した部隊から聞いている。部下の二機を食われる訳にはいかない。回避行動をしつつ、敵ＭＳ編隊の正面に出ると敵編隊はビーム兵器を撃ってきた。まだ距離があるというのに妙だ。素人なのかザンジバル級から引き離そうとするための牽制なのか。とはいえ。

「そんなに簡単に当たる物じゃない。突っ込むぞ！」

『ハイ！』

オビノ少尉からは気合いの入った返答があったが、ヒンカピー少尉からはヒィ、と悲鳴が返ってきた。

ビームを回避しつつマーカーの直前まで来て、初めて白いハイザックが霧の中から現れる。正面衝突コースだ。

「いいだろう！」

ライネス大尉はベース・ジャバーの機首を僅かに上げ、先端を白いハイザックの頭部に引っかけた。白いハイザックは頭部がジョイント部分からもげ、自機のベース・ジャバーの上に倒れ込んだ。

「ヒンカピー！　制圧しろ！」

『えええ！　オイラっすか！』

そう言いつつもヒンカピー機は白いハイザックのベース・ジャバーに乗り移ってコクピットに銃口を突きつけた。さすがティターンズ。口でヘタレていても実戦では優秀だ。

しかし今のは運が良かった。話に聞いていた手練れではなかったのだろう。動きは素人に毛が生えたようなものだった。いや、先の戦いの時の動きはよかった。ならば接近戦が初めてなのか。何にせよこの小隊にとっては幸運だった。

だが、ＭＳはもう一機いるはず。確かジム・キャノンⅡだ。気づけばもう一機のマーカーが目の前に迫っていた。ジム・キャノンⅡは中距離支援用のＭＳだが、この濃霧の中では接近戦をするしかない。このパイロットはそれを理解した上で仕掛けてきている。

「こっちが手練れか！」

ライネス大尉はベース・ジャバーを切り離し、敵機を示すマーカーに飛んだ。距離五〇メートルほどで機影が見え、ビーム・サーベルを抜き、同じくビーム・サーベルを抜いたジム・キャノンⅡと切り結ぶ。それと同時にジム・キャノンⅡの両肩の砲口がジム・クゥエルを睨んだ。

(このパイロット、なかなかやる！)

ジム・クゥエルを退かせてビームから逃れるが、ライネス大尉もタダでは退かない。そのままサーベルを投げ捨て、敵のSFSに損傷を与えた。そして自機のベース・ジャバーに戻ったところで、オビノ機が割って入った。

『大尉！　私がやります！』

「絶対に無理をするな！　足止めだけでいい」

『了解です！』

ベース・ジャバーは傷つけた。ジム・キャノンⅡも思うような機動は出来ないはずだ。不安はあるがオビノ少尉にこの場を任せない限り、ザンジバル級には近づけそうにない。ジム・キャノンⅡはオビノ機と空戦を始めている。ライネス大尉は部下二人が作ってくれた好機を逃す訳にはいかなかった。

ほぼ正面に巨大な熱源がある。間違いなくザンジバル級だ。赤外線の漏れ方からまだコロニーの残骸の下にいることが分かる。

「見えた。あれか」

一端上昇すると濃霧の上まで突き出たコロニーの残骸が目視出来た。位置を確認し、今度は海面すれすれまで降下して突撃を掛ける。あとはもう迎撃用の水上艦艇がないことを祈るだけだ。HUDに目まぐるしく表示される情報を読み、波の上に突き出したコロニーの破片を避け、熱源反応に向かう。すると海面に二隻のタグボートが、そのすぐ先にドーム状になっているコロニーの残骸が見えた。ライネス機はドームの下に滑り込み、修理を終えたザンジバル級の側面に躍り出た。しかしこの角度ではまだ対空機関砲に砲撃される危険性がある。艦のブリッジ直上まで上昇、ベース・ジャバーを捨ててザンジバル級に降り立つとビーム・ライフルの銃口をブリッジに突きつけた。

「チェックメイトだ！」

ライネス大尉はジム・クゥエルの外部スピーカーを作動させて叫んだ。「機密事項を返して貰おう！」

ケラウノスのブリッジでヴァンは声を失っていた。

ヴァンはダニカ達が出撃した後、ブリッジに上ってMS隊を見守っていた。しかしティターンズのMS隊が強襲を仕掛け、ダニカのハイザックは頭部を破損、制圧されてしまった。その上、今、このブリッジの上にティターンズの黒いMS、ジム・クゥエルがいる。

『ハイザックはどうなった？　ケラウノスは!?』

ジム・キャノンⅡからの無線がブリッジに虚しく木霊する。彼は足止めしていた敵機をようやく片付けたらしくブリッジに次の指示を求めた。だがもう遅い。

『ザンジバル級の艦長。聞こえているなら返事をしろ。返事がなければ撃ち抜く』

ジム・クゥエルのパイロットらしき男の声を外部マイクが拾っていた。いかにもティターンズらしい硬派そうな声だとヴァンは思った。

フォルカー艦長はマイクを手に取ると余裕の咳払いをして返答した。

「聞こえている。機密事項を返せばいいんだな？　返したら解放して貰えるか？」

『約束しよう。任務は機密事項の回収だ。このままブリッジを破壊するのは簡単だが、それでは回収出来るとは限らないからな』

「なかなか話が分かる指揮官だな」

フォルカー艦長は強気にも笑ってみせた。

「ティターンズにあれを渡してしまうんですか？」

ヴァンは信じがたい思いで声を上げた。

「何か代案があるか？」

フォルカー艦長は即座に切り返した。

「いえ……でもあなたもあのデータを見たのでしょう？」

「見た。確かにあれは宇宙の連中には効果があるだろう。だが我々には無用だ。ティターンズは今も地上で似たようなことをしているからな。証拠なんざ腐るほどある」

フォルカー艦長は怒りを込めた口調で答えた。「あれを持ってきたのはお前だ。お前ならどう考える？」

ヴァンは話を振られ、戸惑い、考えた。この手詰まりの状態を打破するにはティターンズの要求を呑まなければならないだろう。損傷を受けたハイザックのダニカが心配だし、このままでは自身もビーム・ライフルで焼き殺される。だがどうだ？　記録媒体を渡したとして本当にティターンズがこのまま退いてくれるだろうか。退くはずがない。ティターンズの主任務はジオンの残党狩りだ。ザンジバル級のような大物を逃すはずがない。彼らは自分達の正義を信じている。

そうか。信じているんだ。

「マイクを貸して貰えますか」

ヴァンはフォルカー艦長に言い、艦長は訝しげにヴァンを見た。

「何か思いついたのか？」

ヴァンはゆっくり頷いた。

「あのデータはティターンズの中でも機密度が高いはずです。実戦部隊のＭＳ乗りが30バンチ事件のことを知っているとは思えません。僕がデータを返しに行きます。そして上手く僕が誘導して、彼にデータを見て貰うんです。正義のはずのティターンズがあんなことをしたと知れば、彼は少なからず動揺するでしょう。そこに隙が生まれるし、本当にデータを返しただけで帰投するかもしれません」

フォルカー艦長も頷いた。

「推測としてはいい感じだ。任せよう。上手く隙が出来るといいが」

そしてヴァンにマイクを手渡した。

「あなたはこのデータの中身を知っているのですか？」

ヴァンは息を呑み、返答を待った。

『君は誰だ。名乗れ。自分はティターンズのヒューイット・ライネス大尉だ』

ライネス大尉の声には不快の色が混じっていた。

「僕はヴァン・アシリアイノ士官候補生です」

『君が当事者か。何故そんなことを訊く』

「その中身を知らないのに回収出来たかどうか確認出来ないでしょう？　機密を持っていたとされる僕から直に回収したとなれば信憑性が高くなるし、中身を確認すれば、なおいいんじゃないですか？」

ライネス大尉からの返答は少し間が空いた。

『一理あるな。ではヴァン・アシリアイノ候補生。君が機密を持ってきて、自分に説明するんだ』

ヴァンは艦長席に座るフォルカー艦長を見下ろし、様子を窺った。

「いいぞ。データを返しても、俺がスポンサーに怒られれば済む。重要なのは生き残ること。あのお嬢ちゃんも助けたいしな。むしろ危険な役回りを買って出て貰って済まなく思う」

フォルカー艦長は頭を掻き、そして苦笑した。しかしこんな状況なのに彼が自然体でいられることをヴァンはすごいと思う。

「行きます。返していただけますか」

ヴァンはフォルカー艦長に手を伸ばし、記録媒体を受け取った。

「そうだ。さっきの続きを話しておこう。なんで戦力不足の俺達が動いたかって話だ」

こんな時にとヴァンは思ったが艦長には意図があるのだろう。黙って続きを聞くことにした。

「共に戦ってくれる仲間が欲しかった。ティターンズと戦う強い意志を持った仲間が。話を聞いた時は士官候補生なのにすごい奴だと思った。でも実際には、か弱いお嬢ちゃんだった。お嬢ちゃんだって最初は戦う気なんかなかった。でもデータを回収して俺達の仕事はおしまいって時にお嬢ちゃんが言ったんだ。『ヴァンを助けて下さい。何でもしますから』とね。だから俺達はお前を助けた。そして脚が悪い俺の代わりにMSに乗ることが決まった」

ヴァンは記録媒体を強く握りしめると、またマイクを取った。

「これから上甲板に行きます！」

フォルカー艦長は満足げに頷いた。

「今度はお前がお嬢ちゃんを助ける番だ」

ヴァンは無言で頷き、上甲板へのエレベーターに乗った。

交渉が成立してから三分が経過し、ライネス大尉は焦りを感じた。そんな時、艦体各部に設置されてる投光器が点灯してコロニー残骸の下に広がる海が昼間のように明るくなった。そして上甲板ハッチが開き、少年が一人現れた。士官候補生と思われるその少年を見てライネス大尉は驚きを隠せなかった。ティターンズの機密事項を持ち出し、テロリストと合流するようにはとても見えなかったからだ。それにジム・クゥエルに向かっている今も足下がおぼつかない。震えているようだ。少年は武器を携行していなかったが、周囲に狙撃手がいないか慎重に確認しながらＭＳのコクピットを開けた。

「ヴァン・アシリアイノ士官候補生か」

少年は頷いた。

「約束は守っていただけるのでしょうね」

「もちろんだ。地球連邦軍軍人の誇りに懸けて。第一、まだ戦争をやってる訳じゃない」

「……これを見た後も同じことを言えるのか、興味がありますね」

少年は震えた小さな声で、腹の底からようやく出したような声で、言った。

「それは君には関係がないことだ」

ライネス大尉は左のマニピュレーターでヴァンをコクピットの直下まで上げた。コクピットまで上げて隠し持っていた拳銃で撃たれでもしたら取り返しがつかない。だが自分がコクピットを離れればザンジバル級からどんな反撃が来るか分からない。そこでライネス大尉はヴァンに記録媒体を投げてよこすよう言った。コクピットの直下でも全天周モニターで少年の挙動は確認出来る。しばらくしてから少年は記録媒体のケースをコクピットに投げ込み、ケースはリニアシートの上に落ちた。

「必ず確認して下さい」

少年にそう言われ、ライネス大尉は余計に中身が気になった。

「偽物を掴まされたらたまったものではない。言われなくてもそうさせて貰う」

記録媒体は汎用の物で、ジム・クゥエルの操縦系にもスロットがあるタイプだった。スロットに挿して中身を確認すると強固な軍事用プロテクトを施されたデータだと判明した。機密事項と言うなら最低限それくらいは施してあるだろうし、コピーではないようだ。だが問題は中身だった。ライネス大尉はガンカメラのデータらしきそれを再生させ、声を失った。

「……こいつは一体」

ヴァンは俯き、答えなかった。

ライネス大尉はその映像を無言で見続け、見終えた後、呻くように言った。

「これが機密事項だと？」

「30バンチ事件と言うそうです」

ヴァンは残念そうに言った。

「捏造だ」

「アルベール少佐もそう言っていました。でももしそうならわざわざティターンズが回収しようとするでしょうか。僕は父の知り合いだったと思われる人からこれを受け取っただけです。それなのにこんなに僕を傷つけるでしょうか」

ヴァンは腫れ上がった自分の顔を指さした。彼の言うことが正しいのならティターンズが尋問した時のものということになる。

「それを判断するのは自分ではない」

ライネス大尉は言い切った。

「確かに判断基準は人それぞれです。他人に判断を委ねるのも含めて。でも約束は守って下さい」

「当然だ。こちらにも被害が出ているから急がねばならない。君は任務は果たした。戻れ」

ライネス大尉は自分が動揺していることを理解していた。また、これ以上、あの少年の言葉を聞いていたら自分がどうなるか分からないことも理解していた。

この映像が事実ならティターンズは第二のザビ家になろうとしていることになる。

地球を守るという大義名分があろうとも決して許されないことだ。

ライネス大尉はベース・ジャバーとドッキングし、コロニー残骸下から出た。

空はもう青くなり始めていた。

波間を漂うベース・ジャバーの上に大破したオビノ機が倒れ、そのすぐ側にオビノ少尉の姿が見えた。

彼は負傷していたが応急処置を受けた後だった。応急処置をしたのはジム・キャノンⅡのパイロット以外考えられない。上空にはジム・キャノンⅡの姿があり、肩部の砲口が睨みを利かせていた。早く行け、ということだろう。ライネス大尉は自機のSFSを捨て、代わりにオビノ機が乗るベース・ジャバーをコントロール下に置いた。そしてオビノ少尉をベース・ジャバーのコクピットに避難させ、離水。ヒンカピー機と合流した。ヒンカピー機はハイザックから銃口を退けたが、ハイザックは抵抗の意思を見せなかった。

ライネス大尉とヒンカピー機はザンジバル級を追わず、そのまま北米方面軍の基地に向かった。約束を守る意味もあるが、一刻も早くオビノ少尉に治療を受けさせてやりたかった。ザンジバル級を取り逃がしたが作戦は成功の部類と言えるだろう。機密事項は回収したし、戦力的に劣勢にもかかわらず戦死者を出さずに済んだ。しかしライネス大尉の脳裏からあの映像が離れることはない。命を賭けてくれた部下二人にもとても話せない内容だった。

ティターンズの正義は真実なのか。

正義など考えたこともなかった。それは彼の中に当たり前に存在するものであり、軍とは法と民意に従い、世界の安定を図る存在のはずだった。そしてそれを正義というのだと考えていた。

しかし今、彼の中で正義の文字が大きく揺らぎ始めていた。

頭部を失ったハイザックが無事MSベッドに固定されるのを見てヴァンは胸をなで下ろした。この夜だけでも幾度胸をなで下ろしたのか分からないが、この時ばかりは自分でも大げさだと思ってしまうほどだった。ヴァンは昇降ワイヤーで降りてくるダニカに駆け寄ったが、彼女を前にすると声を失ってしまった。どんな言葉を掛ければいいか分からなかった。

ダニカはそんなヴァンを見て仕方なさそうに言った。

「ケラウノスは無事、離水したみたいね」

ヴァンは頷いた。

ダニカのベース・ジャバーが回収されると同時にケラウノスは離水した。かなりの加速度だったが、MSの固定作業中でリニアシート上のダニカには体感出来なかったはずだ。

無言のヴァンにダニカが続けた。

「データ、ティターンズに渡しちゃったんだね」

ヴァンは俯いたまま答えた。

「ごめん」

「謝ることなんかない。君が持ってきたデータだもの。確かにもったいなかったけど艦と引き替えには出来ないよ」

「違うよ。そのことじゃない」

ヴァンは面を上げてダニカをまっすぐ見た。ダニカは少したじろぎ、小さく口を開けた。

「ど、どうしたの？」

「この艦の人達に僕を助けて貰う代わりに、ダニカはＭＳに乗った。そして撃墜された。それが悔しいし、僕のせいだし、謝らなくっちゃと思って」

「やだな。そんな必要ないよ。それが私の選択だったんだから」

「だけど……」

ダニカの人生を変えてしまった。ヴァンはそう悔いる。

「だけどなんかない。だってヴァンのためだから。君だって私が同じ立場になったら同じようなことをしてくれるよね。データを渡すためにティターンズの前に行ってくれたように。それって私を助けるためだったんだよね。本当は怒ろうと思った。私のために貴重なデータを渡すことない。私のやったことが無駄になったって。けど回収されて帰ってくる時に考え直したんだ」

ダニカもヴァンをまっすぐに見た。

「どうして？」

「これでおあいこだって、思って」

ダニカは小さく首を傾げて笑って見せた。こうなるともうヴァンは何も言えない。これでこの話は終わりだ。

「でも……わざわざこの艦を動かして貰ったけど無駄になってしまったよ」

ヴァンは申し訳なさげに格納庫内で慌ただしく動くクルーを見た。

「ティターンズに目を付けられて、何の収穫もなかったんだから、何を言われても仕方ないね」

ダニカも苦笑した。

「そうでもないぜ」

ＭＳコクピットの高さにあるキャットウォークから声がした。そして二人はようやくロープスが興味深げに見ていたことに気づいた。

「キスシーンでもあるかと思ったのにさ」

「……！」

ヴァンは絶句した後、ロープスを見上げた。

「冗談さ。お前らみたいなＭＳパイロットが来てくれたし、ティターンズに存在を誇示出来た。オレ達的には上々の出来なんだぜ。ハイザックがザックになったくらいで済んだしな」

ロープスは嬉しそうに言い、ヴァンは首を傾げた。

「ザック？」

「頭がなくなったってことさ」

「済みません」

ダニカは頭を下げた。

「いいや。オレ達は元々データなんて期待してなかった。いつかは立たなければならない。それが今だったってだけのことだ。この艦のクルーはみんなそう思っているだろうさ」

「それってどういう意味ですか」

ヴァンの問いにロープスは大げさに笑みを作って見せた。

「この艦の名前、〝ケラウノス〟ってな〝雷の武器《ゼウス》〟って意味なんだ。ゼウスは父親のクロノスら〝ティターン神族《ティターンズ》〟と戦い、雷を武器に戦い、勝利した。そういうこった」

「ティターンズと戦う……」

ヴァンはその言葉を繰り返し、心に刻んだ。確かにティターンズがしたことは許されることではない。しかし地球圏の平和に寄与しているのも事実だ。まだ迷いはある。自分に嘘をついても仕方がない。それでも今の自分の立場も十分理解しているつもりだった。

「ヴァン」

迷いが顔に出ていたのだろう。ダニカが名を呼び、耳を引っ張った。

「痛いよダニカ」

そしてダニカはヴァンの耳元で囁いた。

「男の子でしょ。覚悟を決めて」

きつい言葉だったが、ダニカの言うとおりだ。ヴァンは一度目を伏せ、ロープスを見上げた。

「これからこの艦はどこへ行くんですか?」

「さてな。拠点に戻るのは追っ手を撒いてからだ。ハイザックも急いで直さなくっちゃならねえし、寝てる暇ないんだよ」

「またティターンズが来るんですか」

ヴァンは声を上げたが、考えてみればティターンズがこんな一大脅威を放っておくはずがない。

ダニカは口元を引き締め、決意を表した。

では自分はどうだろう、とヴァンは考える。

白いハイザックの隣には予備機が固定されている。まだ武装を施されていないプレーン状態のＭＳだ。すぐには戦えるようにはならないし、ヴァンが乗るとは限らない。

しかしヴァンはそのジム改を見つめ、拳を強く握りしめた。

第三話

〝決別〟

――宇宙世紀〇〇八五年八月・サイド1――

「え、リストラですか。私が?」

ロープス・スグル・アキヤマ整備兵曹長三三歳はあんぐりと口を開けた。

上司から除隊が三ヶ月後に決定したと言われた直後のことである。急に除隊と言われても彼も家に帰れば妻と二人の幼い子どもがいる。それに家と言っても軍の宿舎だから出て行かねばならないが、この不況のご時世、転職先と引っ越し先が簡単に見つかるはずがない。これが一年戦争以前から身を粉にして地球連邦軍に貢献した男に対する仕打ちかと思うとやるせなくなった。

自分で言うのも何だが腕はある。ジムだろうとザクⅡだろうと試作機だろうとロープスの手に掛かればどうにかなった。オデッサのあの日、損傷したジムの修理と整備に五〇時間以上不眠不休で従事し、勝利の祝杯をあげた時の喜びをロープスは昨日のように思い出せる。ソーラレイの地獄を経て、負け戦を覚悟した星一号作戦で母艦が沈み、生死の境をさまよった辛さも同じように思い出せる。

なのに連邦軍はお前はもういらないという。

サイド1駐留艦隊の母港から街に降り、ロープスは酒を飲んだ。リストラされたことを妻子に素面《しらふ》では言えなかった。さほど飲めるクチではないのでビールの大ジョッキでぐでんぐでんになり、場末の酒場で隣のカウンターのオヤジにからんだが、オヤジに同情されておごられ、逆に大いに盛り上がった。そして気がつくと駅のホームで寝ていた。終電はとうに行った後だった。電車が終わってもレンタルのオートドライブエレカで帰ればいいのだが、無人のホームでロープスは侘びしくなった。

「これからどうやって生きてけばいいんだよ」

出来ることと言えばＭＳの整備だけだ。軍以外ではアナハイム・エレクトロニクス社が一番だろう。ＭＳ開発企業として最も将来性があるし、何より母体の企業が超巨大だ。しかしそんな超一流企業が一整備下士官を雇ってくれるはずがない。再就職出来たとしてもスペース・デブリを拾うジャンク屋がいいところだ。収入はぐっと下がる。妻子を養えるだろうか。軍なら健康保険は半分持ってくれるし、住宅費はかからない。教育費は奨学金が出る。軍は良かった。

駅のホームで大きなため息をついたその時、ロープスに声を掛ける男がいた。

「探しましたよ。家に戻られなかったんですね。失礼しました。私、こういうものです」

中年の男だった。彼は酔っぱらいのロープスに丁寧に名刺を差し出した。

「アナハイム・エレクトロニクス……ええ！」

ロープスは一気に素面になった。宝くじの一等賞が自分から財布の中に入ってきたようなものだ。

「あなたの腕と経歴を買いたいんです。地球に単身赴任となりますが、いかがです？」

中年の男は営業スマイルを浮かべ、ロープスは一も二もなく契約書にサインをした。

二ヶ月後、ロープスはサイド1駐留艦隊から除隊となったが、アナハイム・エレクトロニクス社からの出向という形で軍に残り、北米方面軍のローカルな基地に単身赴任が決まった。そしてそこでフォルカー艦長とルシアン隊長に出会い、ケラウノスのMS整備チーフになった。

彼を動かすのはティターンズへの私怨や思想・主義主張ではない。

家族への愛。ただそれだけである。


―― 宇宙世紀〇〇八五年一二月・キャリフォルニア・ベース ――


負傷したオビノ少尉は緊急着陸した北米方面軍の基地から軍病院へ緊急搬送されることになった。搬送前に処置をした基地の常駐医は彼の負傷具合を見て、おそらくMSに再び乗れるようにはならないだろう、と言った。オビノ少尉が救急車に乗る前、ライネス大尉は彼と言葉を交わす時間があった。

「ご迷惑を掛けて済みません大尉。足止めも出来ませんでした」

ストレッチャーの上で殊勝にも詫びの言葉を口にするオビノ少尉にライネス大尉はどう返答すればいいか戸惑ったが、どうにか言葉を繰りだした。

「任務は成功した。少尉はよくやった。あとは早く怪我を治して復帰してくれ。自分は少尉のような優秀なＭＳパイロットと戦列を組みたい。死にたくないからな。自分の背中を守ってくれ」

「お約束します。怪我が治ったら小隊に呼んでください」

「ああ。必ずだ」

ライネス大尉はオビノ少尉の手を固く握り、約束した。

救急車はサイレンと共に去り、ライネス大尉は一人取り残される。ティターンズの特権で北米方面軍の基地に降りたはいいが、あまり協力的ではない。本来ならば一刻も早くザンジバル級を追わなければならないのに強硬に出なければＭＳの整備すらやって貰えそうになかった。

「ライネス大尉でいらっしゃいますか」

呼ばれて振り返ると真新しい濃紺の制服に身を包んだ金髪の青年士官がいた。快活そうな目をし、背筋をまっすぐ伸ばしたいかにもティターンズ然とした青年だ。

「……君は？」

「本日付でティターンズに編入されました。アーネスト・マクガイア少尉です」

そしてアーネストは敬礼をした。

「君が増援か」

「遅れて申し訳ありません」

「いやなに。自分ともう一人の部下だけでは荷が重くてな。歓迎する」

ライネス大尉は感情を押し殺した。彼が間に合えばオビノ少尉は負傷せずに済んだかもしれない。だがそれは彼の責任ではない。

「アルベール少佐が連絡を取りたがっています。基地の通信室においで下さい」

そうだ。責任は自分と彼女にある。

基地の通信室まで行くとアルベール少佐との光通信回線が繋がっていた。ライネス大尉が報告を済ませるとアルベール少佐が怒りの声を上げた。

『貴官はティターンズだろう。何故ジオンの残党をそのまま放置して帰ってきた。ティターンズの士官としてあり得ない行動だ』

無理もない。ライネス大尉も当然そう来るだろうと予想していた。

「命令は機密の回収でしたので、自分は最善を尽くしました。あの状態で殲滅戦を行い、回収出来るとは考えません」

『だとしても体裁が悪すぎる』

「方法は問わないとのことでした。フライトレコーダーを確認しましょうか。少佐殿との交信記録が残っていますので」

アルベール少佐は言葉を失った。失態続きで気が立っているのは分かるが、指揮官としては真面目すぎるとライネス大尉は思う。

『もうその件はいい。だがザンジバル級には再度追撃をかける。北米方面軍の応援も取り付けた。大尉の指揮下におく。やれるな』

「ご命令とあれば」

ライネス大尉はそう言ってのけ、通信を切った。

「これでお説教の時間は終わりだ」

「お疲れ様です」

アーネストは頭を下げた。

「言われるまでもなくザンジバル級は追う。マクガイア少尉、期待しているぞ」

そう言われてアーネストは複雑な表情を浮かべた。何か事情がありそうだが今はゆっくり訊いている時間はない。ライネス大尉は滑走路に戻り、ティターンズの特権を振りかざして無理矢理MSの整備と補給をさせる。その後、休憩をさせていたヒンカピー少尉にアーネストを引き合わせた。陽気なヒンカピー少尉と実直そうなマクガイア少尉では合わないかとも思ったが上手くやれそうな感じだ。アーネストはジム・クゥエルとベース・ジャバーを持ってきていたので、失った戦力が補充されたことになる。アルベール少佐は北米方面軍の応援を取り付けたと言っていたが、腰は重いはずだ。事実、まだ北米方面軍からの連絡は来ていない。

三十分が経過し、整備と補給が終わっても北米方面軍から連絡はなかった。ライネス大尉は自分達だけでザンジバル級を追う決心をした。MS三機だけでザンジバル級にどれほど食らいつけるか分からないが、やってみせるしかない。データの真贋について考えるのは後だ。そう思えば疑念を押し込められる。それだけライネス大尉は大人だった。

――宇宙世紀〇〇八五年一二月・太平洋上――

ザンジバル級機動巡洋艦〝ケラウノス〟の格納庫でヴァンは苦戦していた。破損したハイザックの頭部はユニットごと入れ替えたが、システム側の再調整作業がまだ残っている。正式の頭部は交換パーツの在庫がなく、どこから来たか不明の試作品の頭部を載せたからだ。センサー系を強化し、独特なモノアイを装備した頭部を装備すると印象がだいぶ変わった。

試作頭部ユニットのドライバーを確認するとユニット名が「アイリス」とあり、ロープスはノーマルのハイザックと区別するために機体コードネームも［アイリス］とした。

ルシアン隊長とダニカは休憩に入っていたのでMSコクピットからの設定はヴァン、外部からはロープスが行った。頭部のビニール皮膜を全部剥がす余裕はなく、まだところどころ貼られたままだ。

「よっしゃー！　一発で来たー！」

コクピットの外から聞こえるロープスの声にヴァンもヘッド《H》・アップ《U》・ディスプレイ《D》で接続を確認する。頭部は正常に稼働しており、各種センサーから情報も来ている。ヴァンはコクピットから出てハイザックの肩部に座るロープスに声を掛ける。

「やっと終わりましたね」

「手伝ってくれてありがとうね」

「いえ」

これ以外出来そうにないから、という言葉をヴァンは飲み込んだ。それは嘘だからだ。

「じゃあハイザック終わり。次やるか」

「まだやることあるんですか」

「おう。オレがまだ倒れない内にあいつを仕上げるんさ」

頭をふらふらさせながらロープスは隣のジム改を見た。予備機のジム改は組み上がったばかりで武装設定すらしておらず、乗るパイロットもいない。無論、ヴァンを除いてだ。ロープスが何を言わんとしているのかヴァンにも分かった。

「僕は……まだ」

「いいんさ。君が決めかねているのは分かってる。誰だってこんなことからは逃げたいからな。だけど男にはやらなきゃならない時もあるんよ。もし君が彼女を助けてあげたいと思った時、このジムが出来てなかったらどうするよ。指くわえて見てるんか?」

彼の言うとおりだった。後悔しないように自分の気持ちをもう一度よく考えなければならない。

「僕も手伝います」

ロープスはにんまりしただけだった。ヴァンがジム改のコクピットに収まるとロープスは資材の場所とMS各部のユニット設定方法を教えてくれた。

「分からなくなったら呼ぶといい。オレ、ちょっとブリッジに行くからさ」

勝手にやれということらしい。つまり自分流にMSを設定して、武装を決めていいということだ。これまで考えていたことを反映出来るいい機会かもしれない。

ロープスは缶コーヒーをヴァンに投げるとキャットウォークの奥に消えた。

ヴァンは一人になり、ゆっくりプルタブを上げ、温くなったコーヒーを飲み干す。そして士官学校でMSシミュレーションをくり返していた時に自分が何を考えていたか、もう一度振り返ることにした。

エレベーターの扉が開いてブリッジに足を踏み入れるとロープスは呆気にとられた。艦長以下クルーはお茶を飲み、余裕の表情で談笑をしていた。

「おいおい。まさか逃げ切ったとか思ってるんじゃないだろうな」

自席に座るフォルカー艦長が肩をすくめた。

「ロープスか。あれを見てくれよ」

正面モニターにレーダー画面が映し出され、外縁部に光点が灯っている。コンピューターによる識別では〝ディッシュ〟とあった。大型レドームと機体が一体化した早期警戒機だ。

「追跡されているのか」

「北米方面軍だろう。出来れば敵対したくない。どうしたものか考えているんだ」

「のんきだな。ジオンの軍人ってのはみんなそうだったのか」

お茶を飲むフォルカー艦長を見て、ロープスは片眉を上げた。

「まさか。こんなのオレだけだよ。ところで少年の方はどうだ？　やれそうか？」

ロープスは考え込んだ。

「やれやれ。・・・そう来たか」

「お前のジョークは寒い」

「あの子の背中は押したぞ。いい線行くと思うさ。言われりゃ文句言わず手伝うし、自分の立場を分かってる。でもさ、艦長があの子の立場だったらすぐには連邦軍と戦えないだろ？　無理言うなよ」

ロープスは腕を組み、フォルカー艦長は頷いた。

「あの子は優しいからな。そういう気質は軍人には向いていないし、このままじゃ他人に利用されるだけだ。そうならず生き残って欲しいと思う」

「で、ＭＳに乗せる訳だ」

「そこは適材適所って奴でな」

フォルカー艦長は苦笑した。「彼自身もお嬢ちゃんのために望むだろ」

ロープスも苦笑した。

「理由があれば人は強くなれる、か」

「それが分かるってのはお互い歳だ」

フォルカー艦長はロープスの目を見て笑った。

「でもよ。ＭＳのパイロットが必要ならあんたがいる。片足でも操縦出来るようにセッティングするぞ。古来、義足のパイロットってのはいたんだ。後進に道を譲るのも分かるけどさ」

ロープスは真面目な顔に戻った。フォルカー艦長も同様に目を細めた。

「だがそれでは並のパイロット止まりだ。人間はそう便利に出来ていない。自分の衰えを理解せず、昔出来たことは当たり前にやろうとして失敗する。オレはそうなりたくない」

「あと古傷が痛いし？」

「電子義足がどこかで手に入らないか、ロープス」

「オレじゃ畑違いだが、必要ならスポンサーに話をしてみるぞ」

「頼むよ。見ているだけというのは歯がゆくてな。しかしお互いの素性を知っていてこうも自然に話せるというのは不思議なものだな」

フォルカー艦長は感慨深げに言い、ロープスは笑った。

「そうかい？」

この船には色々な人間が乗っている。呉越同舟という言葉があるが正にそれだ。それぞれがそれぞれの理由を抱いて新たな戦いに身を投じている。元がジオンだろうと連邦だろうと関係ない。この船に乗り、同じ目的の下、戦う。自分が戦う理由は経済的なものだが、ロープスはそれを恥じず、むしろ胸を張る。男が妻子を守れなくて何を守れるというのだ。確かにティターンズは世界の枠組みを壊そうとしている。それを阻止することが行く行くは宇宙移民者を、妻と子を守ることにもなる。だがその前に今、そしてこれから先も、彼女らを食べさせなければならない。だからこそ二度と戻らないと思っていた戦場にも戻った。

フォルカー艦長はロープスが何を考えているのか分かっているのだろう。

「そうだからこそロープスにあの少年を任せたんだけどな」

「信用して貰えて嬉しいよ、艦長」

フォルカー艦長はそう言うロープスの背中をドンと叩いた。

「次に寝られるのいつになるんだろうな」

ロープスは恨めしそうにフォルカー艦長を見た。

「決まっている。ティターンズを撒くまでお預けだ」

ロープスは肩をすくめ、下層へ行くエレベーターに乗った。


ライネス大尉指揮下のMS小隊は北米方面軍の基地を後にし、太平洋上を飛行していた。幸い、北米方面軍の増援とは離陸直後に連絡がついた。追尾しているディッシュと合流するまでは相手の動き方次第だが、三時間を要する計算だった。

憧れていたジム・クゥエルのコクピットに収まったアーネストだが、彼の心は晴れない。これから叩きに行くザンジバル級機動巡洋艦には彼らがいる。果たして自分の言葉を聞いてくれるだろうか。自分は彼らにとってそんなにも頼りない人間だったのだろうか。ヒンカピー少尉の機体から転送されてきた先ほどの戦闘記録をHUDに表示しながら、アーネストは己の心が揺らいでいるのが分かった。先の交戦時、白いハイザックの動きはまだ初心者のそれだった。まさかとは思うものの、ヴァンかダニカが乗っている可能性があった。

上官になったライネス大尉は優秀な人だ。一年戦争初期は戦闘機のエースパイロットで、その後MSに機種転換。宇宙でMSを三機撃墜し、デラーズ紛争時に二機を加え、文字通りのエースとなっていた。見た感じも実直な武官そのもので好感を持てた。

同僚となったヒンカピー少尉は士官としては一年先輩だ。陽気で話し好きの、少々軽めに思われる人物だが偵察機乗りとしての腕は確かのようだ。送られてきた戦闘記録を見ればそれが分かる。精鋭たるティターンズに配属されて人間関係にも恵まれたようだが、彼らにも悩みは打ち明けられない。合流前にアルベール少佐から事情は知らされているかもしれないが、それは別の話だ。

アーネストは澱んだ気持ちのままＨＵＤを見つめ、定期的にベース・ジャバーの進路を変える。

『マクガイア少尉、聞こえるか』

ライネス大尉から無線が入った。

「はい。感度良好です」

アーネストは滑舌よく答えた。

『少し少尉のことを聞かせてくれないか。見ず知らずの人間がいきなり列機になるという経験がないんでな。少尉の生まれはどこだ？』

「キャリフォルニアです」

『地元か。家族は？』

「母と、妹がいます。父は一年戦争で死没しました」

『一年戦争の時はどうしていたんだ？』

「妹と……友人と三人で中米に逃れました。地元では多くの友人を亡くしました」

『そうか。自分もあの戦争で多くの知人を、戦友を失った。今の自分があるのは彼らのお陰だと思っている。そしてだからこそ今の平和を守らねばと思う。少尉の事情は今、読んだ。正直、自分には想像が出来ん。だがな言っておきたいことがある』

やはり事情は伝わっていたらしい。アーネストはライネス大尉の言葉に身構えた。

「何でしょうか」

『一年戦争で多くのものを失った。少尉は今もまた失いつつある。しかし人間は失うものばかりに目を向けていてはいけない。失った後に得る力もまたある。少尉。自分の正義を信じろ。中途半端な気持ちで戦場に出れば死ぬぞ。これは常に自分に言い聞かせているのだがな』

ライネス大尉の言葉にアーネストは頷いた。

「了解です。大尉」

その言葉でどれだけ救われただろう。アーネストは操縦桿に力を込める。

『よろしい。ではこれよりＨＵＤ上で対ザンジバル級の演習を行う。ヒンカピー少尉も聞いていたな』

『もちろんです、大尉』

ヒンカピー少尉の元気のいい返答にアーネストはまた救われた。

三機のＭＳ編隊は晴れ渡った雲上を行く。

その後に何を失い、何を得るのか。アーネストが知るよしもなかった。

ロープスはすぐに格納庫に戻ってきた。

ヴァンはプチMSを使って資材を運んでいたが、彼に気づくとその手を止めた。

「早かったですね」

「茶ぁ飲んできただけだからな。ちゃっちゃとやろうさね」

不覚にもヴァンは笑ってしまい、ロープスは上機嫌になった。ロープスがヴァンが集めていた資材を覗き込み、訊いた。

「セッティングのイメージはだいたい決まったか？」

「ええ。こんな風にしたい、というのは。ちょっと極端でもいいからダッシュが効く機体が好きなので、活動時間を犠牲にブーストを上げてみたりしてます。でもまだ装備は決めかねていることもあって……」

プチMSの上で少し首を傾けるヴァンにロープスはメモ帳と鉛筆を手渡した。

「そう言う時は書いておくんさ。気づいたことはなんでも。電子媒体じゃ駄目だ。手書きでな。手書きだとその時どうしてそう考えたか、その気持ちまで思い出せるんさ。こいつは基本的に寄せ集めのパーツでジムの形になっているだけだ。一年戦争当時のジムと大差ないんさ。基本性能はクゥエルやハイザックには到底及ばない。だから乗り手がきちんとセッティングして、武装を決めてやらないとまともに戦うことも出来ない。それじゃＭＳが可哀相だろ？」

ヴァンは手の中のメモ帳と鉛筆を見つめ、コンセプトを書き出した。数分掛けて一通り紙の上で整理するとヴァンは何か形になったような気がした。

「だけどここで終わりにしちゃ駄目だ。やっと始まりだから。じゃあ手伝うかね」

ロープスは資材の整理を始め、その内ダニカも現れた。ダニカはヴァンが何をしようとしているのか、そしてどう決心をしたのか分かったのだろう。ヴァンの手書きのメモを見て言った。

「私も手伝うよ」

「疲れているんだからダニカはいいよ」

ヴァンはそう言ったが、ロープスは首を横に振った。

「お、形になってきたか」

ルシアン隊長も顔を出し、興味深げにヴァンとダニカの顔を見比べた。

「ＭＳに乗る気になった？」

ルシアン隊長は二人に缶コーヒーを投げ、ロープスにも手渡す。ヴァンは頭を下げてから本日二本目の缶コーヒーに口をつけた。

「正直、まだ分かりません。このままケラウノスが逃げ切ってくれるのが一番いいですし。でもティターンズのＭＳ隊が追撃してきたら、その時は自分の気持ちに正直になろうと思います」

ルシアン隊長も自分の手の中の缶コーヒーを開けた。

「無理に出てこられても足を引っ張るだけだから是非そうしてくれ。ただ後悔しないように。自分の人生だよ」

確かにそうだ。出撃しても後悔するだろう。だが出なければもっと後悔するだろう。戦闘で危険に晒されることよりダニカを失うことの方がヴァンには恐ろしい。

「はい」

ヴァンは頷いた。

「ところで隊長、私、ブラック苦手なのですが」

ダニカが缶コーヒーを手に苦い顔をしていた。

「おや意外。硬派なお嬢ちゃんだから絶対ブラック派だと思ったのに。今度はカフェオレにしておくよ」

ルシアン隊長が笑い、一同も笑い、格納庫内は笑いに包まれた。

待機中というのにダニカとルシアン隊長はジム改の設定を手伝い始めた。ジム改が戦える形になるまで四人がかりで二時間かかった。その後、モーションコントロールに微調整をかけ、ヴァンの個人設定をする。その頃にはコーヒーの効き目もなくなり、ダニカは睡魔にすっかり負けてプチＭＳのコクピットで瞼を閉じていた。

ヴァンは昇降ワイヤーでジム改の足下まで降り、ジム改とダニカを交互に見た。そして小さくありがとうと感謝の言葉を口にした。

ケラウノスの艦長席でフォルカーは少しうとうとしていた。地球連邦軍の早期警戒機は自機の索敵範囲ぎりぎりでつかず離れずだ。まだ追撃部隊が来る気配はない。だから変わったことがあったらすぐ起こせと通信手に言い、瞼を閉じた。

眠っていたのは十分ほどだが、頭がすっきりして疲れもとれた。

「艦長が居眠りとは余裕ですね」

艦長席の脇にはハンバーガーを手にしたルシアンが立っていた。

「休める時には休んでおかないとな。あと艦長がどっしり構えていた方がクルーは安心出来るものだ」

「あなたの場合、常日頃の行いから単に図太いって思われるだけだと」

ルシアンは嫌味ったらしく笑った。

「ほっとけ。何の用だ」

「少年用ジム改の設定が終わりました。あとは彼次第です」

それを聞き、フォルカーは片眉を上げた。

「それは朗報だ。これだけ苦労してパイロットが一人増員だけってんじゃ割に合わない。で、彼が戦うとしてどう仕切る気だ？」

「これから考えます。ただ当艦がどこに行こうとしているのか分からない限りは……」

ルシアンはそう言うとハンバーガーを口の中に押し込み、広く開いたブリッジ正面の窓に目を向けた。正面に見えるのは雲海のみ。その下には太平洋が広がっている。

「北米方面軍以外を刺激するのもどうかと思って、今は転進してアラスカ湾に向かっている。それから北極圏経由で戻るつもりだ」

「アラスカ湾ですか……保険をかけましたね」

フォルカーは目を細めた。

「クルーの命が懸かってるからな。借りも作るさ」

ルシアンはプッと笑いを漏らした。

「私、あなたのそういう芝居がかったところ、嫌いじゃないですよ」

「さようでございますか。これでも真面目に考えているんですがね」

ルシアンがこんな軽口を叩けるのもお互い長いつきあいだからだとフォルカーには分かっている。もう五年も故国に戻らず戦っている。人並みの幸せを手に入れようと思ったこともあった。だが時代はそれを許さなかった。

「アラスカ湾まであとどのくらいですか」

「二時間というところか。どうする？」

「仕掛けてくるならそろそろでしょう。保たせて見せますよ……ほら」

ブリッジの前面モニターに投影されていたレーダー画像からディッシュの反応が消えた。航続限界はまだのはずだったし、理由もなく諦めるはずがない。考えられるのは追撃部隊が追いついたということだ。良いタイミングでルシアンも起こしてくれたものだ。

「出ますよ?」

ルシアンは自信たっぷりな口調だ。

「いや。まだその必要はない。あの中で待ち伏せしているような剛胆な指揮官がいれば別だが」

フォルカーは左手の窓を指さした。窓の外には禍々しい黒雲が立ちこめている。冬の荒々しい積乱雲だ。その中には激しい風と雹、そして雷が待っている。

「先ほどのティターンズの指揮官ならやりかねません」

ルシアンのツッコミにフォルカーが冷静に返した。

「まだ追いつくのは早いだろ。お前が一機潰したし。来ているのは北米方面軍のMS隊だよ。まずは練度を見せて貰うさ」

「了解。ですが待機だけはしておきます。出るならお嬢ちゃんも連れていきますよ」

「お前がMS隊の隊長だ。好きにしろ」

「艦長だって実は出たくてうずうずしているくせに」

ルシアンはそう指摘した後、エレベーターに駆け込んだ。

フォルカーはルシアンの言葉を頭の中で繰り返し、首を横に振った。人はいつまでも同じ場所にはいられない。本格的な戦争になる前にルシアンも隊長としての経験を積むべきだ。こんな小競り合いで駄目になるようなら元から見込みがない。

「お前なら大丈夫だ」

ルシアンを見送るとフォルカーはマイクを手に取った。

「操舵手、取り舵だ！　積乱雲の中に入る。各員戦闘待機！　連邦軍を撒くぞ」


フォルカー艦長の声が艦内に鳴り響き、ケラウノスのクルーに緊張が走った。プチＭＳの中でうつらうつらしていたダニカも目を覚まし、覗き込んでいるヴァンに気づいて言った。

「意地悪だな。起こしてくれればいいのに」

ダニカはバツが悪そうな顔をして、上目遣いでヴァンを見上げた。

「少し休んだ方がいいと思って」

ヴァンがそう答えるとルシアン隊長がブリッジからエレベーターで下りてきた。

「出るかもしれない。コクピットで待機していてくれ」

そしてルシアン隊長は昇降ワイヤーでジム・キャノンⅡのコクピットまで上り、ダニカはプチＭＳから出てキャットウォークへの階段を上った。他のクルーも慌ただしく格納庫に集まり、ベース・ジャバーの準備を始める。こうなるとヴァンの居場所はない。どうしようかと考えたが、まだMSは出ないことに気づくとヴァンはダニカの後を追った。

ヴァンはキャットウォークを歩き、ハイザックの前で足を止める。そしてコクピットハッチを覗き込むとダニカはリニアシートに納まってノーマルスーツの襟を直していた。

「どうしたの？」

首を傾げるダニカにヴァンは笑顔を作り、ハッチの縁に座った。

「この船に来てからゆっくり話をしてなかったと思って」

「そうかもしれないけど、まだそんなには時間経ってないよ。ずいぶんと長いような気はするけど」

「もう後戻り出来ないしね」

ダニカはヴァンのその言葉を聞いて小さくため息をついた。

「どうして私が反地球連邦活動にも首を突っ込んでいたか、まだ話してなかったね。次に出て帰ってこられるか分からないし、今の内に話しておくよ」

「……ダニカなら大丈夫だよ」

気休めでもヴァンはそう言わずにはいられなかった。

「ありがと。私がハイスクール一年生の時、海洋生物の課題で書いたレポート覚えてる？」

「確かイルカのレポートだったね。コロニー落とし後の海にイルカの群が戻ってきて……」

「でもね、翌年のコロニー落着事故でイルカの群はまたいなくなったんだ。連邦政府のひどく不自然な発表に私が憤っていたら、レポートを書いたときにお世話になった自然保護団体の人が言ったの。『事故なんて捏造に決まっている』って。そしてその人は私に地下新聞を読ませてくれた。アンダーグラウンドな資料を漁り始めたのはそれから。そして阻止出来たはずのコロニー落着事故の正体が本当はジオン残党のテロで、連邦軍内部の派閥争いに利用されて阻止出来なくなったこと、それがティターンズ設立の大義名分になったことを知ったの。許せなかった。軍人として父さんが信じ、命を懸けた正義を踏みにじる連中がいるってことが。だから私は士官学校に入った。地球連邦軍の外にいても何も変えられない。だったら中から変えていこうって。でも30バンチ事件が起きてその限界を感じたんだ」

「だから反地球連邦派と……」

ヴァンの言葉にダニカは少し困ったような顔をした。

「でも直接的に参加したことはなかったの。確かに自然保護団体の人たちから紹介されたし、集会を見に行ったこともあったけど。でも今考えてみれば、何も知らなかったかどっぷり浸かっていたか、どっちかが良かったね。そうならヴァンに迷惑を掛けずに済んだかも」

ダニカは俯いた。

ヴァンはダニカの口からそんな弱音が出てくるとは思いもしなかった。

「ダニカらしくない」

そしてヴァンはリニアシートに座るダニカに手を伸ばす。そして人差し指で彼女の額を押し、面を上げさせた。するとダニカはニイと笑顔を無理に作り、明るい声で言った。

「でも後悔なんてしてない。あの時こうすれば良かったとか思わない訳じゃないけど、もしそうしていたら君を助けられなかったかもしれない。それに結果としてティターンズと戦う道を選べたし、兄さんと戦うことになっても私が父さんの名誉を守っているって胸を張って言える。もちろん地球環境を守っているって言える。私の話はこれでおしまい。後は戦場で生き残って意思を示すしかない」

ヴァンは湧き出てくる暗い感情を抑え込んだ。

「どうしてアーネストにそのことを話さなかったの？」

「他の人から言われて主義主張を変える人じゃない。自分の目で確かめないと気が済まない人だってことはヴァンもよく知っているでしょう。兄さんに話したらそれこそ根こそぎ摘発されかねないし」

「それは分かるけど」

「兄さんも自分の目で真実を見れば考えを変えるでしょうけどね」

ダニカは悲しげに微笑んだ。それはヴァンも同意見だ。しかしもし30バンチ事件のデータをアーネストに見せていたらどうだっただろうとも考える。だがもう遅い。

「もしアーネストが追ってきたら？」

「MSに誰が乗っているかなんて分かるはずがない。そんなこと迷いになるだけだよ」

ダニカは一人のMSパイロットとして戦わなければならない。それがヴァンを助けるためにフォルカー艦長と交わした約束だった。

『ブリッジからデータが来ている。見ておくんだ』

ジム・キャノンⅡのルシアン隊長から無線が入った。

ダニカはハイザックのHUDを点灯させて、データソースを選択し、ヴァンにも見えるようHUDの内容を側面モニターにも映し出す。ブリッジから来ているデータは二種類あった。マルチ表示すると一つは天気図に雲の衛星画像を重ねたデータで、もう一つは複合レーダーのデータと分かった。

天気図の中心はケラウノスだ。ケラウノスは気圧の渦の中へ進んでいる。渦巻く雲の濃さと厚さから嵐と分かった。ザンジバル級の機動巡洋艦は二五〇メートルオーバーのサイズと核融合ロケット／ジェットの大馬力を誇る。この程度の嵐は一般の航空機と違って問題にならない。大粒の雹が当たる音が微かに聞こえてくるが、それだけだ。一方レーダー反応の光点、おそらくMSとサブ《S》・フライト《F》・システム《S》の編隊にとってこの嵐は脅威になる。ミノフスキー粒子散布下ではGPSも電波灯台も意味を成さない。レーダー時代以前同様に己の腕を試される。この強風と悪視界、そして降り注ぐ雹。しかもMSとSFSの組み合わせは空力的に不利だ。悪天候時訓練を受けていなければ編隊から落伍してしまうだろう。事実、六つあった光点が一つ、また一つと離れて消えていった。

「北米方面軍ね。ティターンズの練度なら攻撃を仕掛けてくる。私を撃墜したあの指揮官ならなお」

ダニカはそう断定した。

ヴァンはヘルメットのバイザー越しに見たライネス大尉の顔を思い出す。剛胆な、職業軍人の顔をした人だった。彼は30バンチ事件のデータを見た。そのことが再びケラウノスに有利に働かないかとも思うが、職業軍人ならば心の整理法は身につけているだろう。期待は薄い。

北米方面軍のものと思われるMS隊はついに二機を残すのみとなったが、それでも目視で確認できる距離まで進入してきた。おそらくベテランパイロットが乗っているのだろう。しかしケラウノスのメガ粒子砲の稼働音と一二〇ミリ対空機関砲の炸裂音が格納庫内に響き渡ると二つの光点は小さな複数のそれになって後方に消えていった。

「フォルカー艦長ってやり手なんだね」

ヴァンはレーダー画面を見つめながら言った。この嵐ではMS側はベース・ジャバーの操縦で手一杯のはずだ。一方、機動巡洋艦は安定している。ならば対空機関砲でMSを撃墜することも難しくない。

「そうでなければこれだけの人がついてこないと思うよ」

フォルカー艦長は元はジオンの軍人だが、ダニカは気にならないようだ。ヴァンも最初は引っかかったが今は気にならない。それはハビエル伍長と出会っていたからだろう。

『連邦の士官候補生の君達がどう思うか想像はつくけど、私とフォルカー艦長はジャブローに降下して生きて帰ってきたんだ。それがどういう意味か分かるだろう?』

得意げなルシアン隊長の声が無線で伝わってきた。確かに、とヴァンは複雑な感想を抱くが、今は素直にすごいと思っておくことにした。

HUDに目を戻すとケラウノスはこの荒れた空域の縁まで来ていた。進路にレーダーの反応はないが、ミノフスキー粒子が濃い可能性が高い。

『ルシアン！　MSを出せ！　嫌な予感がする！』

ブリッジのフォルカー艦長からだった。ヴァンは慌ててハイザックのコクピットから退き、ダニカに別れを告げる。

「行ってくる」

ダニカは小さく手を挙げ、コクピットハッチを閉めた。

キャットウォークが下がり、ハイザック［アイリス］がMSベッドから離れる。そしてジム・キャノンⅡのベース・ジャバーに同乗する。この強風の中ではどちらかのパイロットがSFSのコントロールに集中する方が有利だからだろう。後部のMS用ハッチが開くと叩き付けるような風と雹が格納庫に入ってくる。クルーが旗を振って発進の合図をするとベース・ジャバーが浮き上がり、宙空へ躍り出た。

ヴァンはキャットウォークの上でそれを見送り、ダニカの無事を祈る。

（僕は祈るだけでいいのか）

そういう疑念を己の中に抱きながら。

アーネストはジム・クゥエルのコクピットの中、ライネス大尉から提示された作戦内容を口の中で幾度も反芻した。

全天周モニターの側面にライネス大尉機が見えた。そして下部一面に積乱雲が蠢き、一瞬も留まることなく広がっている。ドッキングしているベース・ジャバーは映像から排除してある。アラスカの厳しい冬の寒さが作り出した重く乾いた空気と海洋性の湿った空気が混ざり合って作られたそれは、地上に激しい風雪をもたらしていた。航空機ならば避けて通りたい難関だ。

しかしザンジバル級は地球連邦軍の追跡を振り切るため、敢えてその中に突入した。確かにザンジバル級ほどの大きさがあれば多少の嵐は問題にならない。問題は追うMS隊側だ。アーネストらに先行して追跡しているのはティターンズの要請で動いたカナダ防空隊だ。ライネス大尉は危険を承知で嵐の中に入るよう彼らに要請した。その代わり戦う必要はない。適当に撒かれてくれ、と付け加えた。事実、バラバラになったカナダ防空隊MS中隊はこの積乱雲のベーリング海側で再集結を掛けている。彼らのお陰でザンジバル級の速度が鈍り、高空から迂回したアーネスト達は先回りすることが出来た。

『積乱雲からザンジバル級の鼻が出てきたところを叩く。敵を撒き、嵐から抜け出した時、人の緊張感は切れる。その瞬間を狙う』

その好機を逃す訳にはいかない。しかし相手はザンジバル級機動巡洋艦。一筋縄でいくはずがない。艦載MSは二機。こちらの一機が偵察型であることを考えれば戦力比は五分以下だ。実際、小隊で今のアーネストの位置にいたパイロットは負傷して病院送りになった。それでもやるしかない。それが出来る人材がいるのがティターンズであり、自分はティターンズに入った。つまりやるのが自分に課せられた義務だ。ヴァンとダニカのことはその後だ。ヴァンは自分の言葉をまだ聞いてくれるはずだ。そうに違いない。自分から戻ればまだ刑も軽くなるだろう。ダニカはどうだ？　聞き入れてくれなかったら……。

アーネストはそれらの思いを奥深くに沈め、再び眼下の積乱雲に注意を払う。今は実戦中だ。無駄な感情は押し殺さなければならない。ここぞと言う時に身体が動かなければ死ぬのだ。ヘルメットの中に自分の呼吸音が響く。過呼吸気味だと気づき、アーネストはゆっくり息を吐き出し、大きく吸った。

側面のライネス大尉機が左手を挙げ、そして下げた。現在は無線を封鎖している。攻撃の合図だ。アーネストはベース・ジャバーを降下させる。ザンジバル級の姿はまだ見えないが、彼にはタイミングが分かっているのだろうか。海面上で待機しているヒンカピー少尉機とも連絡を絶っているし、ザンジバル級の熱源反応も秒単位で攻撃を仕掛けられるほどには正確ではないのに。

しかしアーネストの疑問は杞憂に終わった。先に急降下に入っているライネス大尉機の向こう側、厚い雲の中から金属の輝きが飛び出してきたのだ。

（ザンジバル級！）

アーネストは初めて見た機動巡洋艦の大きさに感嘆した。今までシミュレーション上のCGやサラミス改級などでその大きさを体感していたはずだったが、全天周モニターに映るリアルなそれは遥かに大きく感じられた。

『叩くぞ！』

ライネス大尉が無線でタイミングを報せてきた。もう封鎖する意味はない。アーネストはハイパー・バズーカの照準をHUDに出し、ザンジバル級をその照準環の中に入れる。まだ中距離だがライネス大尉がメガ砲を放ち、アーネストもトリガーを引いた。ハイパー・バズーカの砲口からロケット弾が射出され、薄い靄を切り裂いていく。

しかしザンジバル級もMSが待ち受けていることを知っていたのか、艦体を傾けて急旋回降下で攻撃を回避し、同時に対空砲火を浴びせてきた。

『やるな』

ライネス大尉は余裕の言葉を吐き、対空砲火から逃れるよう回避機動をする。アーネストは彼に着いていくのに精一杯だ。だが回避するだけではない。ライネス大尉とアーネストはベース・ジャバーのメガ砲を常にザンジバル級に向け、機会があれば撃つようにしていた。その甲斐あってどちらかのビームが敵艦の側面に命中弾を与えたが、致命傷ではなかった。降下速度はザンジバル級の方が速い。ベース・

ジャバーはどんどん引き離されていく。アーネストが加速しようとするとザンジバル級とは別方向からメガ砲の攻撃を受けた。そちらに目を向けるとMSを二機載せたSFSを発見し、アーネストは息を呑んだ。一機は先の戦闘でオビノ少尉のジム・クゥエルを撃墜したジム・キャノンⅡ。もう一機が白いハイザックだ。

『奴らはザンジバル級から自分達を引き離すのが目的だ。まともに戦う気はないだろうが一度だけ受けて立つ。ザンジバル級はその後。ヒンカピー少尉に期待するんだ』

「はい」

目標が変わったことでアーネストは幾分気が楽になった。

『上下から挟み込むぞ』

ライネス大尉は上昇を始め、敵SFSの頭上へ躍り出る。アーネストは降下してからひねり込み、敵SFSの真下に出る。SFSは上下面の被弾面積が大きい。MSではなくSFSを狙うのも手だ。しかし敵も然る者。ジム・キャノンⅡがSFSから飛び降り、アーネスト機に向けて降下してきた。

「接近戦か！」

ジム・キャノンⅡが放つ両肩のビーム・キャノンを回避するだけでアーネストは手一杯だ。その間に敵機は距離を詰め、ジム・キャノンⅡはアーネスト機に体当たりを敢行した。機体重量の差もあってアーネスト機は宙に放り出され、ジム・キャノンⅡがベース・ジャバーのコントロールを奪った。

「なんてパイロットだ！」

オビノ少尉がやられるのも無理はない、とアーネストは頭の中で続けた。

体当たりを食らったジム・クゥエルは機体全体に大きな衝撃を受けたが、乗り手のアーネストはリニアシートのお陰で余裕がある。リニアシートは常に磁気浮上して機体と直接接続されておらず、従って衝撃も直接伝わってこない。アーネストは機体の制御を回復させて降下速度を鈍らせたが、熱核ロケットのプロペラントには限界がある。乗っ取られたベース・ジャバーは既に遠い。幸いライネス大尉がアーネスト機を拾いにきてくれ、体勢を立て直す。その脇を炎に包まれたＳＦＳが落ちていく。白いハイザックが乗っていたＳＦＳをライネス大尉が撃墜したのだ。

『まだ五分だ。落ち着けマクガイア少尉』

接触回線が開き、ライネス大尉の声がした。

「大丈夫です、大尉」

『ジム・キャノンⅡに注意しろ。奴が手練れだ。こっちは格闘戦に入る気はない。逃げるぞ』

「了解！」

ジム・キャノンⅡが乗るＳＦＳはハイザックを回収し終え、転進してきている。

しかしライネス大尉は彼らから逃れるようにベース・ジャバーを降下に入れた。

『間に合えばいいんだがな』

ライネス大尉の言葉が何を意味しているのか、アーネストにも分かった。下でザンジバル級を待ちかまえているヒンカピー少尉と防空隊のMS中隊のことだ。

ザンジバル級からは引き離されてしまった。

薄い雲を通して見える荒れた海上にその影は見えない。

（だけど必ず捕まえてみせる）

アーネストは固唾を呑んだ。


ケラウノスは海面すれすれの低空飛行を続けていた。心なしか艦は安定している。グランドエフェクトがあるのかもしれない。艦橋の窓からも嵐の影響で生じている高波が見える。まるで鉛のように黒い冬の海だ。

「ハイザックは耐えたようだな」

フォルカー艦長は少し感心したような声を上げた。戦況を知りたくてブリッジに上がっていたヴァンとしては気が気ではない発言だ。

超望遠カメラが捉えたハイザックとジム・クゥエルの戦闘はヴァンの心臓に悪かった。

ジム・クゥエルはハイザック［アイリス］と交差する直前にダミーバルーンを発射、ハイザック［アイリス］の視界を塞ぐとすれ違いざまにSFSに三発ビーム・ライフルを食らわせた。対するアイリスはジム・クゥエルに対してマシンガンを放つが、シールドに止められる。そしてアイリスは墜ちるベース・ジャバーを捨てて自由落下に入り、ジム・キャノンⅡに拾われた。二機のジム・クゥエルが載ったSFSが続いて降下に入ったところで望遠映像が切れた。

「だが彼は借りを返したつもりだろうな。ライネス大尉と言ったか」

「借り、ですか」

ヴァンはフォルカー艦長の言葉を繰り返し、分からないのかという顔で彼は答えた。

「ルシアンが部下のパイロットを手当てしてやったろう。その礼だ。そして例のデータを見た惑いもあるのだろうな。君のがんばりは無駄ではなかったということだ」

「本当はハイザックを撃墜出来ていた、ということですか」

「あの技量なら簡単だろう。ルシアンがベース・ジャバーを奪ったから戦果は五分五分だが、技量では完全にこっちの負けだ。しかももう一機、あの偵察型のザクⅡがいない。俺なら伏兵として長距離攻撃用に置いておく。奴のセンサー範囲は並のMSの二倍以上だ。適任だろう」

「じゃあケラウノスを守るMSがいないじゃないですか」

「そうだなあ」

フォルカー艦長は笑う。「いいんだぞ、出ても」

フォルカー艦長に困った様子は全くない。彼には策があるのだろう。オペレーターがSFSを発見したと報告し、フォルカー艦長はケラウノスの主砲と副砲を開かせた。

「目標、ＭＳ手前の海面だ」

マイクを握り、フォルカー艦長が叫んだ。その直後、五門のメガ粒子砲が一斉に光条を放ち、震える大気を切り裂いて高波を突き抜け、ケラウノスの前に大きな水蒸気の壁を造り出した。するとレーダー上のＳＦＳらしき光点は高度をとって回避行動を始めた。

「しっぽを巻いたか。正しい、正しい」

結局のところ、ビーム兵器は雨や水蒸気などで容易にエネルギーが減退してしまう欠点がある。ザク・マシンガン改では威力が足りず、ベース・ジャバーのメガ砲は水蒸気の壁に阻まれる。有効なのはマゼラ・トップ砲だが、通常装備するようなものではない。事実、装備していなかったから撤退したのだろう。たとえ無理をして単機で対艦攻撃を仕掛けたとしても成功する可能性は低い。ティターンズのパイロットは賢明な判断を下した。しかし直後にオペレーターから撒いたはずのＭＳ隊が高々度から接近してくる旨を報され、フォルカー艦長は苦い顔をした。

そして再び望遠カメラがＭＳを捉えた。強行偵察型ザクⅡが上昇してジム・クゥエルと合流したのだ。ルシアン隊長とダニカの乗ったベース・ジャバーはティターンズの編隊に対して果敢に攻撃を仕掛けていたが、強行偵察型ザクⅡを加えたティターンズ側が優位に戦いを進めている。

「ルシアン達を置いていく訳にはいかないが、このままでは包囲されるな」

フォルカー艦長がヴァンを見た。

「僕が出てもいいんでしょう?」

ヴァンはフォルカー艦長を見返した。

「それがお前自身の意思ならな。それを確認した上で俺が改めて決める。ここは軍隊だ。勝手に出撃させる訳にはいかん」

フォルカー艦長は意思を確かめるように瞳を覗き込み、ヴァンは瞳を逸らさずそのまま答えた。

「考えがあります。僕にやらせてください」

そう言葉にするとこの一日の間に溜まっていたストレスがすっと抜けたような気がした。

フォルカー艦長は得意げに笑った。

「いいだろう。ヴァン・アシリアイノ士官候補生。出撃を許可する」

「ありがとうございます」

ヴァンは室内礼をしてエレベーターに乗る。

MSに乗ることで新たなストレスと悩みが生じることも分かっている。本格的に反地球連邦活動に与することはストレス以外の何物でもない。将来的にアーネストと戦場で相対する可能性もある。それは考えることすら苦痛だ。だけどダニカ一人に重い荷を背負わせることは出来ない。だからその先に生じるストレスはその後に考えるしかない。

エレベーターが開き、格納庫まで走るとロープスが腕組みをして待っていた。

「お帰りヴァン。ところでお急ぎ?」

「超特急！　MSを出したいんです。ベース・ジャバーも用意してください！」

「もう出来てるさ。後は君だけ。ノーマルスーツを着ている時間はないから、ほれ」

ロープスはヴァンにヘッドセットとグローブを手渡した。

「ありがとうロープス」

ヴァンは昇降ワイヤーでジム改のコクピットへ上りながら礼を言う。

「いいってことさ」

ロープスは満面の笑みで誘導用の旗を手にしていた。

ヴァンはジム改のコクピットに潜り込み、リニアシートのシートベルトを締める。そしてHUDを出して全天周モニターをオンにする。すると格納庫の中にリニアシートが浮いているような表示となるが、すぐに機体を半透過状態表示に変更。狭い格納庫の中で全面表示は事故の元だ。側面のコンソール類を確認すると異状はない。ジェネレーターは既に戦闘状態にある。ハッチを閉め、ヘッドセットのスイッチをオンにする。

「ロープス！　出るよ」

『OK！　気をつけてな、ヴァン！』

ロープスが旗を振って誘導を始める。駆動モードが《歩行》であることを確認し、ヴァンはジムを歩かせ、後部ハッチ前に用意されたベース・ジャバーに乗った。ベース・ジャバーのメインコンピューターと通信が始まり、HUDに《コントロール可》の表示が現れる。後部ハッチが開き、冷たい強風と波飛沫が格納庫内に飛んでくるが、コクピット内のヴァンは風向きと風速だけが気になる。

ロープスは後部ハッチ脇に移り、緑色の旗を下げた。

「ヴァン・アシリアイノ、出ます」

ブリッジに呼びかけてみるとすぐに女性の声で返答があった。

『幸運を。ヴァン』

モニターの前面に小さく通信士の姿がカットインされた。なかなかの美人だったが、ヴァンは名前を聞く余裕どころかその発想も浮かばない。そもそもこれまでもブリッジにいたはずなのだが、気に留められないのが余裕のなさを示していた。

熱核ジェットの吸気が始まり、ベース・ジャバーがホバー効果で浮き上がるとヴァンはフットペダルを踏み込んだ。ベース・ジャバーは滑るように前進し、ケラウノスの後部ハッチから飛び出す。ヴァンがSFSで飛ぶのは実機では初めてだが、シミュレーションではそれこそ十何時間も飛んでいる。出来るはずだった。そしてやらなければならない。

高度一〇〇〇メートル付近でダニカ達は交戦を続けていた。二対一の状況では牽制され、好位置を取ることが出来ないようだ。ヴァンは上昇を掛けながらベース・ジャバーのメガ砲とジム改のマシンガンで強行偵察型ザクⅡを狙った。しかしさすがは強行偵察型か、ひらりひらりと回避を続け、戦闘空域から離脱した。上昇して距離が近くなると無線が回復し、ヴァンはハイザック［アイリス］に呼びかけた。

「ダニカ！」

『ヴァン！　出てきたの？』

『ダニカはヴァンのフォローにつけ。私はジム・クゥエルの隊長機を足止めする』

ルシアン隊長の命令が聞こえ、ダニカのハイザック［アイリス］がマシンガンを連射しながらベース・ジャバーから降り、ヴァンはハイザック［アイリス］を回収した。

『無理することないのに』

呆れたようなダニカの言葉に、ヴァンは胸を張って答えた。

「僕も君と同じ気持ちだから」

そう言うと、ヴァンは少し照れる。

『君はバカだね……』

そう言うダニカの顔を見たい気がした。

ハイザックという重荷がなくなったルシアン機のＳＦＳは高空に軽やかに舞い、ティターンズのベース・ジャバーを機動で翻弄した。彼がダニカ機と同乗したのは彼女を心配してのことで、荒れた天候は関係ないようだった。

『先ほどのＭＳ隊が南南西から接近中です。数は六。気をつけて』

ケラウノスの通信士が注意を呼びかける。ジム改のセンサーではまだ掴んでいない距離だ。今はまだいいが、増援が到着したら三機だけのこちらは包囲される。

「ダニカ、前から考えていた手を使ってみたいんだ。上昇していいかな？」

ヴァンはダニカに有無を言わさぬ調子で訊いた。ダニカは即座に返してきた。

『ヴァンが何をやろうとしているかくらい、私、分かるよ。でも用意はしてあるの？』

ダニカとはそれこそ何百回とＭＳシミュレーションを重ねている。こんな状況で自分が何を試みようとしているのかなんて簡単に分かるのだ。ヴァンは少し表情を和らげ、答えた。

「ロープスが好きにセッティングさせてくれたからね」

『そう言えばそうだったね。じゃあ行こう』

ヴァンはベース・ジャバーのコントロールをダニカに預ける。すぐに上昇が始まり、それを阻止しようと離脱していた強行偵察型ザクⅡが接近し、ザク・マシンガン改を放ってくる。が、遠射程である。さほどの脅威にはならない。激しい空中戦を続ける二機のＳＦＳと同じ高度まで昇ると、ダニカはメガ砲でジム・キャノンⅡを支援する。しかしその動きはジム・クゥエルに読まれてしまい、命中弾を与えられない。奇襲が失敗した今、ライネス大尉が出来るのは増援のＭＳ隊が到着するまでの時間稼ぎだろう。同乗機に射撃を任せ、回避に専念すればそうは当たらないと判断しているのだ。しかし時間稼ぎを許せばケラウノスは包囲される。少なくともティターンズの動きを止める必要があり、今のヴァンとダニカはそれが出来た。

『頭を押さえるよ』

ダニカはベース・ジャバーを更に高い空域へと上昇させた。

テロリストのMS隊との交戦は、アーネストの神経をすり減らした。荒れた海面の上から一機のベース・ジャバーが上昇してきて敵の増援かとドキリとしたが、アーネストはその上に強行偵察型ザクⅡを確認し、安心した。

『すんません！　狙撃にならなかったっす』

ヒンカピー少尉との無線が回復するとアーネストは安心した。

『いや。無事で何よりだ。お互い手の読み合いだからな。こんなこともある』

ライネス大尉は穏やかな調子でヒンカピー少尉を出迎えた。

「全く。無事で何よりです」

アーネストも強く頷いた。

下方からもう一機のSFSが上昇をかけてヒンカピー機を追撃してきたが、ヒンカピー少尉機はおたおた回避し続ける。そしてそのＳＦＳの上にジム改を認め、アーネストはちらりと嫌な予感を覚えた。だがそれは押し殺すしかない。ＳＦＳからハイザックが降り、ジム改のＳＦＳと合流した。ベテランのジム・キャノンⅡを軽くしようというのだろう。実際、重荷から解き放たれたジム・キャノンⅡのＳＦＳは身軽な機動で、ライネス大尉とアーネストにビーム・ライフルのロックをさせなかった。

「私が降りれば大尉は五分以上に渡り合えます。ヒンカピー少尉のベース・ジャバーに拾って貰いますから後はご自由に」

アーネストはライネス大尉の返答を聞く前にジム・クゥエルを宙に舞わせた。自由落下するＭＳはＳＦＳ上からはいい的になる。ジム・キャノンⅡが肩のビーム・キャノンとライフル、そしてＳＦＳのメガ砲と一斉射撃をしてくる。細かく回避機動を入れて上手く逃れたが、アーネストの心臓はバクバクと波打った。

『許可を得てからにしろ！』

ライネス大尉から文句が返ってきたが、大尉は軽くなったベース・ジャバーでジム・キャノンⅡの背後を取った。機体の軽さでジム・クゥエルが勝るからだ。

「独断で申し訳ありません」

アーネストは降下中に一発ビーム・ライフルを放ち、ジム・キャノンⅡのＳＦＳに命中させる。かすった程度だが、ホバー出力は若干落ちたようだ。

『マクガイア少尉！　こっちこっち！』

右下方にヒンカピー少尉機が乗るＳＦＳが現れ、ドッキングした。

『よくやるよ』

ヒンカピー少尉から呆れたような無線が入ってきた。

「ところでもう一機のＳＦＳは？」

『上昇して行った。何をするつもりか分からないけど一撃離脱攻撃じゃないかな』

アーネストは上方を見上げ、ＳＦＳを見た。

「本当に……何をする気だ？」

次の瞬間、そのＳＦＳから複数の何かが射出され、それは空中で大きく膨らんだ。

『ダミーバルーン？　有重力下戦で、かい？』

ヒンカピー少尉の戸惑いは当然だ。ダミーバルーンはミノフスキー粒子散布下では有効な兵装だ。熱源を持たせ、簡単な固体ロケットで機動するものまであり、宇宙空間のロングレンジでは実機と識別するのは困難だ。しかし有重力下、しかも空中戦で散布したところでどれほどの意味があるだろう。ダミーバルーンを発射したＭＳは常に移動を続けているし、ダミーバルーンそのものも重力に引かれて落下し、風圧で飛んで行ってしまう。通常、有重力下戦では接近戦での目くらまし程度にしか使われない。

「……待てよ。俺、ついこの前、同じような疑問を……」

ダミーバルーンはアーネスト達の頭上に次々に射出され、その数は一五前後にまで増えた。当然、風の抵抗を受けるのと固体ロケットの推進力で不規則な変な動きをしながら、下降している。距離を詰めてきているのは追い風だからなのだろう。

『ＳＦＳが撃ってきたぞ！　マクガイア少尉、応戦して』

ベース・ジャバーのコントロールを持つヒンカピー少尉は機体を回避行動に入れる。その動きは当然ダミーバルーンのそれを考慮したものではない。

「駄目だ！　ヒンカピー少尉。罠だ！」

アーネストはダミーバルーンに向けてビーム・ライフルを乱射した。ダミーバルーンに装甲はついていないから掠るだけで次々に破裂していく。

『どういうことだい？』

本物に当たるようアーネストは祈るが、数が多い上に不規則な機動をするため、破裂させるだけでも一苦労だ。当然、全天周モニター上ではダミーバルーンとＭＳの区別がつきにくいのが一番大きい。

（上手いぞ、ヴァン）

アーネストの手は震えた。恐ろしいのか、嬉しいのか、悲しいのか、アーネストには自分が分からない。が、異様に感情が高ぶっていることだけは間違いなかった。

敵のＳＦＳから注がれてくるビームの束を回避し、ヒンカピー少尉は自らもザク・マシンガン改で敵のSFSを狙い撃ちする。その内の一発がダミーバルーンに命中したが、それは破裂せず、砲弾はシールドで弾けた。

『なに?』

次の瞬間、ダミーバルーンと思われていた物体からマシンガンが放たれ、複数の銃弾がベース・ジャバーを貫いた。ベース・ジャバーのジェネレーターが誘爆し、ヒンカピー少尉とアーネストは離脱。自由落下に入ったジム・クゥエルと強行偵察型ザクⅡはスラスターで減速しながら着水に備えた。

「ダミーバルーンの中に本物のMSが混じっていたんですよ。有重力下のダミーバルーンの動きを真似して潜んでいたんです。こんな空中戦、航空機が生まれて以来初めてなんじゃないですか?」

『どうしてそんなことを知っていたんだい?　っていうか、そんなこと考えついたって一朝一夕に出来るはずがない。この風を読んで、この速度域で』

ヒンカピー少尉は訝しげに訊いた。

「MSの新装備についての期末レポートを読んだのですよ。相当練習していたんだな、ヴァン」

『嬉しそうな声を出して……じゃあ、あのMSには例の士官候補生が乗ってるっていうのかい?』

「ええ……」

それが何を意味しているのか、アーネストにはよく分かる。不覚にも嬉しそうな声を出してしまったのは問題だが、それはこれで最後にしようと決めた。

ジム改はハイザックが乗ったSFSに回収された。ハイザックのパイロットもこの戦術をよく理解した上で機動をして、ジム改をフォローしていた。考えられることは一つ。白いハイザックにはダニカが乗っている。長い間、一緒にシミュレーション訓練を積んできただけのことはある。いいコンビネーションだった。ジム・キャノンⅡと組んでいる時より遥かにいい動きをしていた。

アーネストはジム・クゥエルが海面に着水する直前、バルーンを射出した。バルーンは急速に膨らみ、救命用の筏となる。MSが洋上で空中戦を行う時には必ず装備されているものだ。一度海中に入って速度を殺し、荒れた海の波上で上下する救命筏にMSを乗せた。ヒンカピー少尉も少し離れたところで同じように着水出来たようだった。

「お別れだな、ヴァン……ダニカ」

青い空の向こう側へ小さくなっていくベース・ジャバーを見送りながら、アーネストは呟く。

これで本当のお別れなのだとアーネストには分かった。ヴァンは自分の意思で戦いに身を投じた。それが反地球連邦活動だったことは悔しくて、悔やんでも悔やみきれないが、ヴァンが自分の意思を示したことだけは、喜んであげなければならないと思う。

ヘルメットのバイザーの下、一筋の涙が流れた。

弟のような存在だったヴァンはもういない。

妹のダニカは家名を汚し、裏切った。

本当にお別れだ。

アーネストはもう二度と泣くまいと誓った。


「上手くいった……」

信じられなかった。

ヴァンが放ったマシンガンの弾は敵のSFSに命中し、MS二機を退けることに成功した。普通の空中戦闘ならばヴァンのような初心者には命中させることすら難しい。ダミーバルーンを使うことの利点は二つある。一つは精密照準をする時間を稼げること。もう一つはダミーバルーンに紛れれば回避の必要性が薄れることだ。ダミーバルーンの動きに合わせて機動するのは練習すればそう難しくない。バルーンそのものが結構バラバラに動くからボロが出にくいのだ。

ダニカがジム改を回収し、ヴァンはMSをベース・ジャバーの上に降ろした。するとダニカが接触回線で話しかけてきた。

『あのジム・クゥエル、ダミーバルーンを狙ってきたね』

そう言われて初めてヴァンは気がついた。

「そうか。アーネストなら僕のレポートを読んでこの戦術を知っていたはずだ」

アーネストはティターンズ入隊を熱望していたし、ダニカの肉親として責任を取ろうと追撃戦に志願しても不思議はない。だがそれが事実だとしたら、ヴァンには重い。ジム・クゥエルと強行偵察型ザクⅡが乗った救命筏は遠く、もう波間の点になっていた。

『ルシアン隊長の援護に行かないと』

ダニカは気持ちを切り替えるためにそう言葉にした、とヴァンには思われた。そしてヴァン達がジム・キャノンⅡの交戦空域に入ると、ジム・クゥエルは不利を悟って後方に下がった。カナダ防空隊のMS部隊と合流するつもりなのだろう。

『ケラウノスと合流する。ついてこい』

ルシアン隊長から連絡が入り、ベース・ジャバー二機はアラスカ湾方面に先行しているケラウノスを追った。しかしカナダ防空隊のMS中隊が索敵範囲に入って光学センサーで確認出来る距離になると、先に敵編隊の方がケラウノスと接触することが分かった。ルシアン隊長のベース・ジャバーは戦闘で損傷していたし、ダニカとヴァンのベース・ジャバーには二機載っている。単機で一機のSFSを使用しているカナダ防空隊の方が速いのだ。

『どうしましょう？　ルシアン隊長』

ダニカは焦った様子で訊くがルシアン隊長は落ち着いた口調で答えた。

『大丈夫。どうやら掛けておいた保険が利いたみたいだ』

レーダーに複数の反応が突然現れ、そして消えた。消えた場所を光学センサーで捉えると爆炎が上がり、カナダ防空隊のＭＳ部隊が散開を始めているのが分かった。

「ロケットランチャー？　海中から？」

ヴァンは海中をスキャンしようと試みたが、ジム改のセンサー類ではろくな情報が得られなかった。赤外線探査と光学センサー、もちろんレーダーも意味を成さなかった。

『旧ジオンの水陸両用ＭＳ隊さ』

それでも光学センサーが浅い深度を航行する巨大な物体を捉え、ヴァンは感嘆の声を上げた。

「ユーコン級潜水艦。まだ生き残っていたんだ」

波の下を悠然と進む黒い影はまるで巨大な鯨か伝説の海の怪物・シーサーペントのようだ。水陸両用ＭＳ隊はこのユーコン級潜水艦から発進したのだ。そしてケラウノスはユーコン級の位置を分かった上で、このコース上を通った。そうでなければベース・ジャバーの編隊に対し、速度に劣る水陸両用ＭＳが奇襲を掛けられるはずがない。上手く待ち伏せ策にはまったからこそ蹴散らせた。防空隊のＭＳが対潜装備を持ち合わせているはずがない。対抗手段がなければ損害を増やすだけになる。ベース・ジャバーの編隊は散開したまま、再攻撃を仕掛けることはなかった。

それを確認した上でユーコン級潜水艦は小さな影を一つ二つと寄り添わせ、ＭＳの回収を終えると海中深く消えていった。

『今度こそケラウノスに戻るぞ。まだ完全に撤けたと決まった訳じゃないから気を引き締めて』

ルシアン隊長の言葉がヴァンの心に染みた。出来ることならもう二度とアーネストと戦場で対峙したくない。それはヴァンの心からの願いだ。

ベース・ジャバーはアラスカ・キーナイ半島へ向かうケラウノスを追う。

冬の高緯度地帯とはいえ、青空と太陽が眩しかった。

今は太陽が南の低い空に昇りきろうとする時刻だ。ティターンズの尋問を受けてからまだ一日経っていない。この二四時間をヴァンはどれほど長く感じただろう。

だがそれもようやく終わろうとしていた。

――　宇宙世紀〇〇八五年一二月・ベーリング海　――

もうじき年が明けるというのに、ケラウノス艦内に新年を祝う気配はまるでない。ジオン残党のユーコン艦隊が氷山の中に作り上げた秘密ドックに入って本格的な修理作業を開始し、手一杯だからだ。地球連邦軍に所属するクルーも多いケラウノス艦内には当初それなりに緊張が走ったが、フォルカー艦長の顔が利いたのが大きく、クルーの大半はもう普通に活動をしていた。

ジオンの残党も補給と支援なく活動を続けられるはずがない。まだ今も宇宙移民者とのコネクションが当然のようにあり、自分達がこれからどうするか時流を見ているところだった。だから将来的に身内になるかもしれず、同胞が責任者を務めている艦を歓迎するのは理解出来る話だ。それに浮きドックは水陸両用ＭＳで比較的簡単に設営出来る。ジオン残党としては使い捨てにしても惜しくない。そもそも夏になれば消えてしまうのだから。

そんな中、ヴァンはケラウノスに自分の居場所を作ろうと思い立った。が、ティターンズから受けた暴行の傷が深く高熱を出し、二日間も戦時治療室で寝込んでしまった。そしてよく気力だけでＭＳを動かしたと船医に呆れられた。

熱が下がって艦内を歩けるようになると、通路でダニカとオペレーターの女性と出くわした。ダニカは動けるようになったの、と嬉しそうに首を傾げ、ヴァンは頷き、苦笑した。

「これで安心したね」

ダニカにオペレーターの女性が言った。「ところで二人は相部屋にするのかな？　部屋の用意をしておくよう艦長から言われてたの思い出したわ」

ヴァンは声を失い、ダニカはオペレーターの女性に抗議の目を向けた。

「あれ、違ったんだ。艦長からはそう言われてたんだけど」

ダニカは肩をすくめ、オペレーターの女性は苦笑いしながら頷いた。

「ああ、そう。分かった。じゃあ士官用の個室が空いているから用意しておくね」

「えーっと」

ヴァンが声を掛けようとしてオペレーターの女性が気づいた。

「私はアレット・バレ。ダニカとは以前からの知り合いなの。この活動に引き込んだ張本人、といったところかしら」

「ああ、自然保護団体の……」

ヴァンは彼女からなんとなくそういう雰囲気を感じ取った。

「私、彼女がこの艦にいるなんて思いもしなかったからブリッジにいるのも気がつかなくて。ハイザックで出撃した時、モニターに彼女の顔が出てきてそれはもう驚いたんだから」

ダニカが珍しくおどけて見せた。

「これからよろしくね。引っ張り込んだ責任を感じてない訳じゃないけど、もう同じクルーだしね。謝らないよ」

アレットは苦笑した。

「ええ。それでいいと思います」

ヴァンは穏やかに目を伏せた。

アレットは意外そうな顔をしてから、ダニカを見た。

「なんだ。意外と大人じゃない、彼」

「そうですか？」

ダニカはまだまだ頼りないという目でヴァンを見る。ヴァンもそれでいいと思う。実際、自分を頼りがいのある人間とは思えない。だけど一つ一つ、何かをクリアーしていくことは出来る。ダニカと歩いていくことも出来る。今回の戦いを乗り越え、ヴァンはそう感じていた。

ダニカとアレットとはヴァンの部屋の準備をすると言って別れた。ヴァンは動けるようになった旨を報告しにブリッジに上がった。フォルカー艦長は腫れが引いたヴァンの顔を見て意外そうに言った。

「お前、そういう顔していたのか」

「ええ、まあ。修理にはあとどれくらい掛かりそうなんですか？」

「二、三日だな。そうだ、部屋は決まったか？　二人部屋もあるぞ」

フォルカー艦長は真面目な顔で訊いた。

「……どうしてそうなるんです？」

「女が男を命懸けで助けようとしたんだ。そう思うのが自然だろう？」

そこはヴァンも分かる。

「ここは軍艦でしょう。風紀はどうなってるんです？」

「自己責任でいいじゃないか……まあ好きにしろ。話は変わるが、お前はこの浮きドックをどう思う？」

ブリッジの窓からは氷山をくりぬいたドックが一望出来た。投光器が各所に備えられ、昼間のように明るかった。

「ジオンの残党がここまでの力を持っているなんて思いもしませんでした」

「単なるジオンの残党じゃない。俺達と同じように連邦軍の人間も入り込んでいる。それにジオンの人間だろうと連邦の人間だろうと、生きるには金がいる。反地球連邦活動に金を出す人間もいるってことだ。だがまだ一枚岩じゃない。そうなるには誰かが立たなければならないんだろうな」

　フォルカー艦長は小さく頷いた。

「ティターンズのように力任せではなく、穏やかに地球連邦政府を変えていく。そんなこと出来ないんですかね。父はそういう風に願っていたと思うんです。戦場カメラマンだったんですけどね」

　ヴァンは寝ている間、考えていたことを言葉にした。そして後でメモにして残そうと思った。

「君の父上のことは知っているよ。それにあの一年戦争をくぐり抜けた者なら当然のように一度はそう考えるだろう。だがもう我々の前にはティターンズがいるんだ。残念だが」

　その点はフォルカー艦長の言うとおりだった。

「でもティターンズを倒せたとしたら、その先、どう出来るか分からない」

　ヴァンははっきりそう言葉にした。

「そうだな」

　フォルカー艦長は目を閉じた。

彼との会話はそれで終わり、格納庫でルシアン隊長とロープスに会った。やはり同じように相部屋にしろとからかわれ、同じように話をはぐらかした。

どうしてこうなんだろうと頭を抱えながら、個室エリアに入るとダニカとアレットが部屋を整え終えて出てきた。ヴァンはアレットに頭を下げて中に入る。士官の個室といっても軍艦のそれは狭く、小さな備え付けの机と端末、そして壁面収納式のベッドを広げると残りのスペースは殆どない。それでも着の身着のままでこの艦に収容されたヴァンとしては広く感じる。

「なんで父さんのカメラがここに？」

机の上に若干の着替えと見覚えのあるカメラバッグを見つけ、ヴァンは思わず声を上げた。

「私が持ってきたからだよ」

振り返るとダニカが個室の入り口で微笑んでいた。確かに父の形見のカメラを士官学校に持ち込んでいたが、バッグそのものは結構な大きさになる。ティターンズから逃げなければならないのに、それをデータと一緒に持ち出すなんて考えられないことだ。

「君が無事だったから良かったようなものを」

「ヴァンが悲しむ顔、見たくなかったから」

当たり前でしょ、と言いそうなダニカを見て、ヴァンは小さく頭を下げた。

カメラバッグを開けると実家で手入れした時のままだった。ヴァンはモノクロのフィルムをカメラに装填するとカメラを首から提げた。日常が戻ってきた重みにヴァンは安らぎを覚える。

「外に出られないのかな。氷山の上なんて滅多に行けるものじゃないだろう？」

「観光じゃないんだぞ……でも明日の朝には許可が出ると思うよ」

首を傾げるヴァンにダニカが答えた。

「明日はもう新年だからね」


――宇宙世紀〇〇八六年一月・ベーリング海――


高緯度地帯の冬はヴァンが経験したことのない寒さだった。防寒着を着ていてもまだ寒い。それでもメンテナンス用通路を通って氷山の上に出ると、ヴァンは素直に感動を覚えた。

コロニー落とし以来、こんなにも澄んだ夜空を見たことはなかった。同じ夜空と言っても闇の濃さが違う。星の数が違う。まるでコロニーから宇宙を見ているかのようだった。

「まだ夜明けまで時間があるよ。中で待っていればいいのに」

ダニカが震えながら文句を言う。確かにヴァンも震えが止まらなかった。仕方なく一度戻り、更に重ね着して氷山の上に戻った頃には東の空が明るくなっていた。星は西の空にしか残っていない。東には海しか見えず、波も穏やかだ。こんな穏やかで霧や靄が出ていない朝は珍しいと氷山の上に出る前にこの浮きドックを管理している男が教えてくれた。

「運がいいみたいだ」

ヴァンは東の空を見つめ、満足感を覚えた。

「そうだね。きれいだね」

ダニカはそう答え、氷の上にしゃがみ込み、陽が昇ってくるのを待つ。

水平線が白くなり、目に見えて空が明るさを取り戻すともうじき日の出だ。

すぐにオレンジ色の輝きがヴァンとダニカの目に入ってきた。

夜明けの太陽の光は弱く、肉眼でも見つめることが出来る。だが空に昇れば輝きを増し、大地を照らし、緑と命を育むのだ。

「新年おめでとう、ヴァン」

「おめでとう、ダニカ。こんなところで新年を迎えるなんて、夢にも思っていなかったね。家も地球連邦軍への任官も、全部なくなっちゃった。考えてみれば大変なことだ」

ヴァンはカメラのファインダーを覗き、新たに生まれた太陽と防寒服姿のダニカを写真に収めた。

「だけど君が、私の隣にいるよ」

ヴァンはファインダーから目を離し、ダニカを直に見た。

ダニカは困ったようで悲しげな、それでいて嬉しいような複雑な笑みを浮かべていた。

ヴァンはその笑みを曇りのないものにしたいと願う。

「君も僕の隣にいる」

ヴァンは頷き、カメラをケースに収めた。そしてメンテナンス用通路を降り、その場を後にする。

〇〇八六年がどういう年になるのか、まだ誰にも分からない。

ただ真実を見失わないように、そして後悔をしないように、自分の目で道を探そう。

ヴァンはそう誓った。


（2巻に続く）

DENGEKI HOBBY BOOKS

ADVANCE OF Z
刻に抗いし者①

発行　2011年3月25日初版発行

著　神野淳一
原案　矢立 肇・富野由悠季
キャラクターデザイン　中島利洋
メカニックデザイン　藤岡建機・片貝文洋・間垣リョウタ
撮影　エルクラフト
CG製作　RED CRAB
模型製作　takayo4

発行者　髙野 潔

発行所　株式会社アスキー・メディアワークス
〒160-8326　東京都新宿区西新宿4-34-7
電話 03-6866-7313（編集部）

発売元　株式会社角川グループパブリッシング
〒102-8177　東京都千代田区富士見2-13-3
電話 03-3238-8605（営業）

装幀・デザイン　BEE-PEE

印刷・製本　凸版印刷株式会社

協力　株式会社サンライズ

Printed in Japan
定価はカバーに表示してあります。
ISBN978-4-04-870456-4 C0076